VAGABONDE

VAGABONDE

Le gang du serpent

HERVÉ JUBERT

Collection dirigée par Guillaume Lebeau

RAGEOT ✸ THRILLER

Cet ouvrage a été imprimé sur un papier
issu de forêts gérées durablement,
de sources contrôlées.

Couverture : © Avram Golden/Getty Images.

ISBN : 978-2-7002-3629-3
ISSN : 2259-0218

Le pli 213 (1)

J –183

Je cours après un papy yamakasi dans les couloirs de la vieille Sorbonne. Il a au moins soixante-dix ans et il est aussi ratatiné qu'un Hobbit ayant avalé l'anneau de Sauron. Moi, j'ai quinze ans et j'ai petit-déjeuné léger. Pourtant, je ne parviens pas à réduire l'écart.

On a déjà galopé dans trois amphis (deux vides, un plein), la chapelle, la cour d'honneur, les magasins de la bibliothèque. Là, il m'entraîne vers les hauteurs, dans une succession de corridors qui tournicotent et de volées d'escaliers en colimaçon jusqu'à un... cul-de-sac.

Eh, eh ! Je te tiens !

Des livres sont enfermés dans des armoires grillagées. Le couloir s'arrête sur une fenêtre condamnée, sans poignée. J'avais mon lascar en ligne de mire deux secondes plus tôt. Où se cache-t-il, bon sang de bonsoir ? Il n'est sûrement pas très loin.

– Je ne sais pas qui vous êtes… je commence en reprenant mon souffle.

J'ai la gorge en feu.

– Je ne sais pas qui vous êtes mais vous avez volé quelque chose de très précieux pour moi. Je suis prête à… à vous le racheter. Mon prix sera le vôtre.

Vous vous dites, cette gamine… (au fait, je m'appelle Billie Bird) cette gamine délire. Eh ben non. Je suis millionnaire. A priori, mon prix peut être le sien… dans une certaine limite.

Je perçois un mouvement derrière ce gros radiateur en fonte. Je m'approche sur la pointe des Converse et bondis de l'autre côté. Personne ! Mon papy qui se planquait au sommet d'une armoire dégringole en s'agrippant aux grillages. L'image est d'autant plus incongrue qu'il porte un costume gris perle étriqué et un gilet à l'ancienne.

Je me jette sur lui, le rate de peu, m'écrase l'épaule contre une armoire alors que, rebelote, il me glisse entre les doigts. Non mais ! Cette fois, je talonne l'ancêtre. Il ne descend pas l'escalier sur la droite ? Tant pis pour lui. Cul-de-sac part two.

Il m'observe avec des yeux rusés. Je tente de l'amadouer à nouveau.

– Si vous aviez la gentillesse de m'écout… Eh !

Il vient d'ouvrir une fenêtre, pas condamnée celle-là. Il se jette dans le vide comme un ninja.

– Non !

La fenêtre donne sur une cour intérieure en travaux. Une chaussette en plastique orange, un de ces trucs articulés qui servent à balancer les gravats depuis les étages supérieurs, est accrochée contre la façade. Mon papy a sauté à l'intérieur et glisse vers le plancher des vaches. Fascinée, je regarde sa silhouette rétrécir dans le tube de plastique. Un pouf, suivi d'un panache de poussière, en bas, m'indique qu'il vient de se réceptionner dans la benne à débris.

Je ne prends pas le même chemin. Pas le cran. Et puis, je porte mon imper de cuir vert… Je dévale l'escalier, sautant de trois marches en trois marches. Au deuxième étage, un coup d'œil à une fenêtre me montre papy qui sort de la benne. Je le vois grimper le long d'une gouttière au premier, briser un carreau, reprendre sa course dans la Sorbonne. Je contourne la cour et me retrouve face à une immense porte capitonnée que j'enfonce d'un coup d'épaule.

Cette salle est pleine de gens affublés de grandes robes jaunes, rouges et noires et de chapeaux bizarres. Certains sont en redingote brodée de palmes. Une épée est accrochée à leur ceinture. Ils sont agglutinés autour d'un buffet chargé de petits-fours et de coupes de champagne. Super papy plonge entre les jambes d'un serveur qui, un plateau en équilibre sur une main, se demande pourquoi il est en train de le perdre, l'équilibre.

Je l'apprendrai plus tard mais nous venons de débouler dans une réunion de docteurs honoris causa, d'académiciens et de brillants intellectuels. Chaos programmé dans trois… deux… une seconde.

Le plateau du serveur est rattrapé par la gravitation. S'ensuit un fracas formidable. Papy ne ralentit pas pour autant. Il court vers une fenêtre qui donne sur la rue des Écoles. Elle est grande ouverte. D'un bond, il sera à l'extérieur.

J'attrape une épée à ma portée.

– M'enfin ? s'offusque l'académicien.

Je sors la lame de son fourreau et la lance vers le voleur. Je vise à côté. Je ne veux pas le tuer. L'épée mouline dans l'espace, sa pointe s'enfonce dans le montant de la fenêtre qu'il s'apprêtait à franchir, épingle sa veste. Yes ! Alors que l'assistance, au ralenti, tourne la tête vers moi – une femme se met à crier, pas trop tôt – je m'élance vers ma proie... et m'emplafonne un pain surprise.

Plus précisément, je m'emplafonne un serveur dont la trajectoire croise la mienne et qui porte un pain surprise.

Sous le choc, il explose littéralement. Le pain, pas le serveur. Les amuse-gueules triangulaires de pain bis agrémentés de fromage aux fines herbes, de saumon et de pâté de foie, volent autour de moi. Avec mon imper vert pétant, les robes des docteurs, les ors de la salle d'apparat, ils forment une fresque kaléidoscopique magnifique. Sûr qu'au cinoche en 3D, l'image serait terrible.

En parlant de cinoche...

Je raconte l'histoire, je suis maître à bord, donc je dis :

– *Stop time !*

Je vous balance un fond noir et j'écris dessus :

Vu dans l'épisode précédent.

Si vous regardez les séries anglo-saxonnes en version originale – ce que je vous conseille –, une voix grave vous annonce :

Previously in Vagabonde.

Vous êtes prêts ? C'est parti pour un montage subliminal.

[Voix off, la mienne] *Nom : Billie Bird. Âge : quinze ans. Troisième au collège Alphonse-Allais de Garges-lès-Gonesse. Signes particuliers : collégienne le jour, voleuse la nuit.*

L'image, scindée en deux parties, me montre en salle de classe et en train de m'introduire dans la Banque de France.

Voici Séraphin. Huit ans. Mon petit frère. Un ange blond venu de je ne sais quelle terrasse de l'enfer.

L'ange sus-décrit joue à la console et s'exclame tout à coup :

– Prends ça, espèce de sale vomi puant !

On devait partir en Grèce avec papa. Mais il y a eu un changement de dernière minute.

Moi et Séraphin, dans la boutique de Maxence, aux puces de Saint-Ouen.

Max : Que se passe-t-il ?

Moi : Papa est parti depuis vendredi.

Max pâlit.

Max : Et il n'est pas revenu ? (Zap.) Vous allez quitter Paris, et vite.

Papa est cambrioleur. Il était sur un coup et il a disparu. Il m'a légué son carnet...

J'ouvre le carnet en question. Je tombe sur une adresse de site internet. (Zap.) J'explore le site... LE site des voleurs. Un mystérieux commanditaire accuse réception de la tête de scorpion. Il attend les trois autres têtes du zodiaque.

Il m'a légué son carnet, de l'argent et les clés de la Vagabonde.

Je dévoile un fourgon Volkswagen vert. (Zap.) Il démarre au quart de tour.

Vous auriez fait quoi, à ma place ?

Nous sommes dans la Vagabonde.

Séraphin : Papa, il a eu un problème ? À cause de son métier ? Et les têtes sont une rançon ?

Durant ces vacances pas tout à fait comme les autres, nous nous sommes fait un ami...

Voici Octave. Il neutralise trois armoires à glace avec une sarbacane et des fléchettes imbibées de curare.

... et un ennemi...

... pas n'importe quel ennemi...

Voici Gorko Kolpaki dans son bureau vivarium à serpents.

Kolpaki : Dis-moi ton nom.

Séraphin : Ne me touchez pas.

Kolpaki : Dis-moi ton nom ou je te coupe un doigt.

... Certains étaient-ils vraiment des amis ?

Nous sommes en Angleterre. La pluie tombe, pour changer.

Moi : C'est ton organisation qui a enlevé mon père ?

Octave : Non. Mais notre mission est d'empêcher que les têtes soient réunies et que l'on reconstitue... la machine. Les têtes en font partie. Elles et d'autres éléments qui ont été dispersés.

Permettez que je vous présente mister Dracula...

Une maison au bord d'une falaise. La mer en contrebas. Un homme en manteau long, casquette et lunettes noires me surplombe. Sa peau est grêlée. Il porte des gants de cuir brun.

Lui (d'une voix rauque) : Vous avez les têtes ?

J'ouvre les sacs. Dedans, trois têtes en bronze : une de mouton, une de serpent, une de chien.

Séraphin : Ils vont libérer mon papa ?

L'homme sort un téléphone portable de son manteau et me le confie.

Lui : Les ravisseurs vous appelleront bientôt.

Retour à Garges-lès-Gonesse, je m'apprête à traverser une rue.

Le téléphone sonne.

... et celui qui a enlevé mon père. Du moins, sa voix.

Voix au téléphone, maquillée : Billie Bird ? (Zap.) Nous avons encore besoin de vos services.

Moi : Et si je ne vous aide pas à assembler votre saleté de machine ?

Voix au téléphone : Alors, dans deux cent trente-quatre jours, votre père mourra.

On respire. On met sur pause. On lit le résumé avant de continuer.

Pendant les dernières vacances de Pâques, nous avons dérobé (moi, Séraphin et Octave) trois têtes de bronze qui appartenaient autrefois à la fontaine du zodiaque du palais d'Été de la cité impériale, à Pékin. Octave s'est révélé être un des douze, confrérie dont je ne sais rien sinon que ses membres se tatouent le symbole de l'infini sur le bras, qu'ils sont douze (on s'en serait douté) et qu'ils ont pour but d'empêcher l'assemblage d'une mystérieuse machine. J'ai livré trois têtes, via un intermédiaire (Dracula), à ceux qui retiennent mon père prisonnier. Ils n'ont pas donné signe de vie depuis deux mois.

Jusqu'à avant-hier.

Voilà où j'en suis, entourée de brillants cerveaux et d'amuse-gueules en apesanteur. Ce canapé au thon rouge est trop appétissant. Et si je l'attrapais au vol? Pas le temps.

Reprenons l'histoire en vitesse normale.

Je m'empêtre les pieds dans une jambe d'immortel après m'être emplafonné le pain surprise et m'étale sur le parquet sans aucune dignité. Des mains tentent de me saisir. Je me relève et cours vers la fenêtre.

L'épée de l'académicien épingle toujours la veste du papy qui a eu le temps de l'ôter et de s'enfuir. Pleine d'espoir, je fouille les poches. Pas de pli. Zut! Il a filé avec!

Je me retourne, consciente d'une menace sourde.

Les docteurs honoris causa convergent vers moi comme des pique-assiettes vers le dernier petit-four. Je récupère l'épée, fais siffler l'air. Je les tiens en respect tout en reculant jusqu'à une porte. Je l'entrebâille. J'aimerais avoir un truc d'anthologie à dire. Surtout que j'ai affaire à des pointures. Je lâche un pauvre :

– Désolée pour le bazar.

Je me glisse dans l'ouverture et referme la double porte. Je coince l'épée entre les poignées et prends la poudre d'escampette.

Nous sommes le 22 juin. Un vendredi. Il fait beau à Paris.

Tout a vraiment recommencé il y a deux jours.

Le magicien

J –185

– Chers amis, chers confrères, chers maîtres ! Quelle joie de vous accueillir dans ce lieu unique !

Maxence a mis les petits plats dans les grands. Smoking, cape doublée de soie rouge, haut-de-forme, il est ultra-classe. Et il a loué le théâtre du musée Grévin. Je suis cachée en hauteur, au balcon, dans l'obscurité. Je tremble pour lui, seul sur scène. Le public, une cinquantaine de personnes disséminées dans la salle entre les figures de cire, ne laisse transparaître aucune joie.

Max salue avec son chapeau. Le lapin qui en bondit a l'air aussi étonné que le magicien. Quelqu'un rigole dans la salle. Mon parrain essaie de pousser le lapin hors de la scène. On l'a acheté ensemble dans une animalerie du quai aux Fleurs et il résiste.

– Pssit. Va-t'en. (Max renonce.) Je vous remercie pour cet honneur, honneur dont j'espère être digne…

La machine à foulards camouflée sous son habit de soirée s'emballe tout à coup. Ses manches vomissent trente mètres de tissus colorés. Deux bouquets de faux chrysanthèmes se déploient entre ses mains. Il les balance sur les côtés comme si personne n'avait rien vu. Dans le public, les rires sont plus fournis. Les maladroits ont toujours fait recette.

Je vais bientôt entrer en scène. Je vérifie mon matériel alors que Max se bat contre des accessoires doués d'une vie propre. Colombes et cubes sauteurs rejoignent foulards, bouquets, lapin… Une pluie de pièces s'abat sur le magicien raté qui est obligé de se recroqueviller pour se protéger du déluge.

Maxence est le plus vieux copain de papa. Il tient une boutique d'art forain aux puces de Saint-Ouen. Il joue les anges gardiens depuis que nous sommes livrés à nous-mêmes. Il inspecte le contenu de notre frigo. Il s'assure que tout roule. Il me remonte le moral quand j'ai le blues. Du moins, il essaye.

Papa est retenu prisonnier quelque part. Vu la façon dont il gagne sa vie, je ne peux pas alerter la police. « Nous aurons besoin de vous à nouveau, m'ont dit ses ravisseurs. Travaillez bien jusqu'aux grandes vacances. » « Et si je ne vous aide pas ? » « Votre père mourra dans deux cent trente-quatre jours. »

Mais je radote. Vous y avez déjà eu droit dans le résumé de l'épisode précédent.

D'après les crapules qui m'ont balancé l'ultimatum, il ne lui reste que cent quatre-vingt-cinq jours à vivre.

Je passe en seconde, sans les félicitations du jury, mais je passe. Mes vacances d'été ont commencé. Je suis prête. Ils voulaient les têtes ? Ils ont eu les têtes. Quoi qu'ils exigent la prochaine fois (des genoux, un coude, une rate) pour compléter leur saleté de machine, je me battrai pour le leur rapporter. Je pose la main sur le téléphone des ravisseurs, chargé à bloc, dans la poche intérieure de mon imper.

Redevenons sérieux.

Maxence va bientôt avoir besoin de moi. Ombre parmi les ombres, je me glisse derrière le projecteur.

Il a fait le ménage sur la scène. Il retire sa cape, son haut-de-forme et ses gants de cuir blanc. Il remet le tout à une charmante assistante (sacré Max !). Sa main droite remplacée par une prothèse métallique scintille sous l'éclairage du théâtre du musée Grévin.

Max se positionne au centre de la scène. Il paraît maître de lui, cool, pro. En réalité, il lutte pour ne pas s'enfuir en courant. La crème des magiciens professionnels compose le parterre, à ses pieds. Et l'amateur s'apprête à présenter un tour inédit pour être accepté dans leur guilde.

Des années qu'il cherche un numéro potable. Grâce à moi, Billie Bird, sa filleule, il va réaliser un de ses rêves d'enfant. Il a d'abord rechigné quand je lui ai parlé de ma trouvaille technologique.

– Les magiciens ont toujours innové, je lui ai rappelé. Avec des écouteurs camouflés, des systèmes électriques, des jeux de miroirs…

On invente un truc, les magiciens s'en emparent. Les voleurs aussi d'ailleurs.

Max voulait proposer un tour de passe-passe classique de pure dextérité. Mais les magiciens capables de bluffer sans artifices un public averti ne courent pas les rues.

Concentrée, Billie ! C'est le moment de lancer la merveille des merveilles.

Max fait un saut en coulisses et revient. Auparavant, il a invité un magicien à monter sur scène pour constater qu'il n'y a ni trappe, ni filin, ni installation réfléchissante. Maxence se place face à son public. Côté discours, il abrège. Cela donne :

– Quoi de plus merveilleux, dans l'art de la magie, que celui de l'escamotage ?

Il sourit et... disparaît. D'un coup. Sans fumée ni coup de cymbale. Il n'est plus là. Enfin, une partie est restée. Sa main métallique. Quand elle tombe, le bruit fait sursauter tout le monde, moi y compris.

Les magiciens se trémoussent sur leurs sièges. Ils sont bluffés ! Max apparaît à une loge, sur le côté. L'ovation est enthousiaste. Maxence, aux anges, m'adresse un clin d'œil que je suis la seule à comprendre.

Je remballe mon matériel et le mets à l'abri dans sa mallette antichoc.

Une puce serait moins excitée que Max... sauf si elle plongeait dans le marc de son troisième café.

– Ils ont aimé ?

– Adopté à l'unanimité !

Maxence me malaxe les joues, me tapote la tête, me tord le bout du nez. Il essaye de relancer un de ses automates détraqués ou quoi ? Je m'écarte.

– Ce projecteur a dû te coûter une fortune.

Nous avons déjà eu cette discussion. Il ne m'a pas crue une seule seconde. Je ne changerai pas de version pour autant.

– Je ne l'ai pas acheté. Un copain me l'a prêté.

– Celui qui travaille dans le cinéma ?

– Ouaip. Le spécialiste en effets spéciaux.

– Tu me le présenteras ?

– Tu m'expliqueras le coup de la main métallique ? La prothèse tombant sur scène alors qu'il disparaît ? Chapeau.

– Secret de magicien, esquive-t-il avant de commander un quatrième café et un troisième diabolo menthe.

Le passage des Panoramas a un côté chemin de traverse. En plus, Max a gardé son frac. Avec mon imper vert, ma tignasse rouge (je me suis refait une teinture et j'en suis très contente) et mes lunettes noires, nous attirons les regards.

– Séraphin passe en CM1 ?

– Il semblerait.

Pour ce dernier trimestre, on a assuré comme des bêtes, mon petit frère et moi. C'était pas gagné. Vivre sans autorité dans un appartement de cinquante mètres carrés ne prédispose pas à la lecture de *L'Éducation sentimentale* ni à l'étude des participes passés.

Les voisins commencent à persifler sur ce père officiellement en Grèce depuis trois mois. Il pourrait s'occuper de ses enfants ! J'ai bien failli balancer à certains tout ce que j'avais sur le cœur.

Calme-toi. Tu es forte, Billie. Tu iras loin.

Et le temps est venu. Les ravisseurs vont appeler. Je suis prête. Je le sens.

– Faut que je me débarrasse de mon petit frère.

– Pardon ?

Mince. J'ai encore pensé à voix haute.

– Tu parlais de Séraphin, m'assure Max. (Il l'a pris en week-end plusieurs fois depuis les dernières vacances.) Il mord toujours ?

– Il s'est calmé.

Je conserve l'empreinte de ses dents dans mon mollet droit. Je lui avais interdit de jouer à la Wii. Une explication sérieuse a suivi son accès d'anthropophagie.

– Il n'a que huit ans. Il développe des réflexes de survie.

– Il régresse, oui ! L'autre soir, en rentrant de l'école, il balance son cartable dans l'entrée, s'allonge devant la télé et me dit : « Femme, apporte-moi un Kinder Bueno. »

– Et alors ?

– Je lui ai envoyé un Kinder Guano dans la tronche. Non mais !

En réalité, je l'ai attrapé par le tee-shirt, jeté dans sa chambre et j'ai fait claquer sa porte à toute volée. Notre immeuble a tremblé sur ses bases.

– Il occupe la place laissée vacante par ton père, celle du mâle dominant.

– Ben, faudra qu'il s'habitue à être le mâle dominé.

Je serre les poings.

– Il me gave.

Ce qui est vrai et faux. J'adore Séraphin mais j'ai besoin d'un break. Sinon, je risque de l'étriper. Surtout, je ne veux pas l'avoir dans les pattes quand les ravisseurs m'appelleront.

J'implore Maxence.

– Ô maître des disparitions, escamote-le. Vite.

– Abracadabra ! (Max manipule une baguette magique invisible et me balance un prospectus sous le nez.) Justement, je voulais t'en parler.

Predator Club Park !

Le bonheur pour les enfants !
La liberté pour les parents !

Beaucoup de points d'exclamation dans cette brochure. Ils ont l'air justifiés.

Il y est question de jeux de rôles grandeur nature, d'ateliers de déguisements zombis.

– C'est un club de vacances, dans les Landes. J'ai inscrit Séraphin pour les deux premières semaines de juillet.

– « Apprenez à survivre dans une forêt infestée de créatures extraterrestres ! » Il va adorer.

– Tu pourrais l'accompagner ?

– Non non. Je m'en passerai. Merci. Deux premières semaines ? Parfait. On s'arrêtera à Rochefort sur la route.

À Rochefort soit chez le Capitaine, le père de papa, notre demi-dieu familial un peu timbré qui a la garde de la Vagabonde. Vous avez suivi, hein ? La Vagabonde ou le fourgon Volkswagen qui nous a transportés lors du vol des têtes pendant les vacances de Pâques.

– Tu feras quoi pendant ce temps-là ?

– Je m'occuperai. Je lirai. Je ferai de grandes balades au bord de la Charente.

– Vrai ce mensonge ?

Je ne peux pas avouer à Maxence que j'essaierai de sauver mon père si on m'en offre l'occasion. Il ignore tout de nos précédentes aventures.

Vous vous dites : cette nana est bizarre. Elle ne se confie pas à la seule personne sur qui elle peut compter ? N'essayez pas de comprendre ma psychologie. Je suis une vagabonde solitaire. Du genre à appeler à l'aide au tout dernier moment.

Mon regard tombe sur une horloge.

– Mince. J'ai rencard avec des potes. (J'embrasse Max.) Je t'appelle quand on est à Rochefort. (Je prends ma précieuse mallette.) Et bravo pour l'escamotage ! (Je pars, me retourne et lance :) Surtout celui du petit frère !

– Simsalabimbim !

Mon magicien de parrain fait tinter sa tasse de café sans la toucher… J'vous jure.

Wanda et Tiburce m'attendent près de la fontaine aux sculptures de Niki de Saint-Phalle et Tinguely à côté du centre Pompidou. J'aime bien cet endroit. Il est coloré, aéré et les sculptures tournent en projetant des jets d'eau qui rafraîchissent l'atmosphère. Je suis pour l'art contemporain quand il n'est pas prise de tête.

– Pas de Claire ? je constate.

– Elle a encore oublié.

Claire ou la lunatique de service. Sinon, voici Wanda qui pourrait appartenir à la famille Addams et Tiburce en surcharge pondérale depuis l'âge de dix ans. Avec son look (lunettes à verres orange, rouflaquettes, chemise à carreaux délavée, baggy et Doc Martens) il est beau comme un dieu. On se connaît depuis la maternelle.

Je pose la mallette entre mes amis.

– Tu l'as apporté ? s'exclame Tiburce. Ouvre ! Steupe ! Grouille !

Vous connaissez les geeks ? Ces asociaux qui passent des heures rivés à un écran d'ordinateur, de télévision, de smartphone, à l'affût de la dernière nouveauté. Plus c'est gadget, plus ils adorent. Ce que je sors de la mallette est giga-inutile. Mais d'un point de vue technologique, on boxe dans la catégorie « Attention les yeux ! ».

– Je vous présente le Nekron 53, projecteur holographique de dernière génération. (Le bestiau n'est pas plus grand que des jumelles radar de la gendarmerie et pèse moins de cinq kilos.) Projette toute image, en relief et sans support à plus de trente mètres.

Tiburce manipule le Graal avec respect.

– Miku Hatsune prend vie sur scène avec un bijou tout pareil. (Il gémit.) Mamma mia. Une démonstration, please !

Une vidéo valant mieux qu'un long discours, si vous voulez savoir de quoi Tiburce parle, tapez « Miku Hatsune » sur le Net. Vous comprendrez.

– Trop de lumière, jugé-je. Et ce matos vaut quarante mille euros quand même.

– Tu l'as acheté ? note Wanda.

– T'es pas folle ? Je l'ai volé, je mens.

Lard ou cochon ? J'ai toujours aimé entretenir une aura de mystère dans notre groupuscule. Je range le projecteur dans sa mallette tout en leur racontant comment je m'en suis servie au théâtre Grévin. J'ai projeté un Max holographique sur scène alors que l'original courait jusqu'à la loge. Pour faire disparaître le faux Max, je n'ai eu qu'à éteindre le projecteur. Simple et efficace. Mais ne le répétez pas. Secret de magicien.

– Dingue, commente Wanda tout en jouant avec la fermeture Éclair qui équipe son Perfecto à tête de mort. (Tiburce l'observe avec perplexité.) Le mec qu'a inventé le zip. J'espère qu'il a eu le concours Lépine.

Un jour elle s'extasie sur le pouvoir collant de la purée Mousline, un autre sur la beauté énigmatique d'une vrille de tire-bouchon. Wanda, quoi.

« Problème de civilisation, tous en accusation, monde de suspicion, société de con-som-mation. »

Trois kékés hip-hop, joggings de marque bouffants, casquettes à l'envers, phone à fond, baskets aux lacets dorés, s'arrêtent devant nous. Allons bon. Tiburce, les bras écartés, leur offre le spectacle de son admirable bedaine dont le nombril est visible entre deux boutons de sa chemise XXL. Wanda fait aller et venir sa fermeture Éclair comme si elle affûtait une lame. Je soupire.

– Salut les bouffons, balance un kéké. Vous bossez dans un cirque ?

« Je te réponds imagination, dissolution, révolution... » crache son téléphone MP12 dont la moitié de la place profite.

– Consternation, reprend Tiburce.

– Extinction ? propose Wanda en écho.

– J'ai pas envie de me battre. (Je glisse à mes amis, assez fort pour que les loulous m'entendent :) J'ai surtout envie... de faire pipi.

– Ziva la naine. T'es pas étanche ? Pas de blème. Cours vidanger. On t'attend pour la baaaaston.

Les passants, sentant le vent mauvais, s'éloignent. Personne ne viendra à notre secours.

– Prends ton temps, me conseille Wanda.

J'emporte ma mallette à projecteur holographique à quarante mille euros et m'engouffre dans le premier café. Incognito, je fonce vers les toilettes. Les trois diabolos menthe ont eu raison de ma vessie.

Je n'ai pas peur pour Wanda et Tiburce. Je les ai vus régler leurs comptes à plus coriaces que ces guignols. Wanda est ceinture noire de karaté et Tiburce champion d'aïkido. Pas de chance pour les kékés. Moi, je ne ferais pas le poids. Mais les amis sont là pour pallier certaines de vos faiblesses, non ?

Quel bonheur de faire pipi quand on a vraiment envie ! Pourtant ce moment d'intimité parfaite est troublé par un événement que j'espérais et craignais en même temps.

Le téléphone confié par les ravisseurs, il sonne.

Je le sors de mon imper. Pas de numéro visible. Le mélange de sentiments qui m'empoisonne depuis des semaines – peur, excitation, colère – se met à bouillonner comme le magma dans la chambre d'un volcan. Je décroche.

– Billie Bird ?

La même voix maquillée que la dernière fois.

– Je veux parler à mon père.

– Plus tard.

Je rétorque aussi sec :

– Je veux lui parler maintenant. M'assurer qu'il est encore vivant. Sinon, je raccroche.

Mon interlocuteur se tait. Mes mains sont moites. Je réfléchis. Si les ravisseurs me demandent de voler un nouveau truc et si j'y arrive, j'aurai l'avantage. Ils seront bien obligés de me rendre mon père. Je ferme les yeux et dis :

– D'accord. J'écoute.

Je sens l'autre sourire. Il a gagné.

– Après-demain, la commission des plis cachetés de l'Académie des sciences se réunira pour ouvrir le pli numéro 213. La réunion se tiendra dans la salle des archives de l'Académie des sciences à dix heures du matin.

– …

– Vous êtes toujours là ?
– Oui.
– Volez le pli. Quand vous l'aurez, prévenez qui vous savez.

Et il raccroche. Je rempoche le téléphone, le souffle court. Maintenant, je m'en veux. J'aurais dû insister pour parler à papa. Je vais être obligée d'agir en aveugle, en brave petit soldat.

Tiburce est toujours vautré sur la banquette de métal qui ceint la fontaine. Une casquette de rappeur est posée sur son crâne, à l'envers.

Wanda s'examine le bout des doigts.

Les kékés ont disparu.

– Zut. Je me suis cassé un ongle, remarque la gothique.
– Ils sont partis ?
– Oblitération, élimination, finitions, slamme mon sumo préféré.
– La fête de la musique, c'est demain, pas aujourd'hui, précise Wanda.
– Pas sûr qu'ils en profitent, ajoute Tiburce, implacable.

Les passants l'observent avec un mélange de respect et de crainte. Il serait élu président de la place s'il présentait sa candidature.

– Je suis désolée. Je dois partir. Un truc qui vient de me tomber dessus.

Wanda et Tiburce me scannent de la tête aux pieds. Ils ont confiance en moi. Je ne leur ai jamais fait faux bond sans une raison valable.

– Besoin d'aide, poupée ? s'informe Tiburce.

– Je m'en sortirai toute seule.

Il médite cette réponse, le sourcil inquiet, puis m'ouvre les bras. On se fait un gros hug. Wanda me tend sa joue plâtrée de fond de teint. J'y dépose un baiser du bout des lèvres.

– *Come home Billie Bird !* me lance Tiburce alors que je cours vers la bouche de métro de la rue du Renard.

Le pli 213 (2)

J -183

Retour au jour J, quelques heures avant de courser mon pépère pas si pépère dans les couloirs de la Sorbonne. Je suis sur le pont des Arts, haut lieu du romantisme parisien. Des amoureux accrochent des cadenas aux balustrades avec leurs initiales marquées dessus et balancent la clé dans le fleuve. Des centaines de cadenas sont scellés des deux côtés du pont.

Je me suis renseignée sur la commission des plis cachetés de l'Académie des sciences. Je n'en avais jamais entendu parler avant que les ravisseurs reprennent contact avec moi.

La commission a été créée en 1735. Depuis cette date, des chercheurs plus ou moins loufoques déposent leurs travaux à l'Académie des sciences pour les protéger ou entretenir le mystère. Certains plis sont encore fermés. D'autres ont été ouverts un an après leur dépôt. D'autres enfin portent une date d'ouverture impérative.

Le pli 213 a été déposé en 1765. L'identité de son auteur est toujours inconnue – elle sera révélée lors de l'ouverture – ainsi que son contenu, mais il a exigé que son pli soit décacheté aujourd'hui, près de deux siècles et demi après son dépôt.

Zarbi, non ?

Grâce au Net, j'ai relevé quelques plis fameux. Le numéro 201, proposé par un certain Despierres, décrivait une machine imitant la voix humaine, le numéro 184 un procédé pour la préparation du bleu d'outremer, le 5 038 révélait l'existence de l'argon, le 11 668... Celui-là, il est intéressant.

Il a été posté par un Juif allemand, Wolfgang Doeblin, un mathématicien de génie. Soldat, Doeblin ne voulait pas être pris vivant par les nazis. Avant de se tirer une balle dans la tête, il a noirci un cahier d'écolier avec ses découvertes. Sur la page de garde, il avait écrit « Équation de Kolmogoroff ».

Je ne brille pas en maths mais, d'après le peu que j'ai compris, ses notes avaient trente ans d'avance dans le domaine du calcul des probabilités. Doeblin les a envoyées à l'Académie qui a attendu l'an 2000 pour ouvrir son pli.

Que contient le pli 213 ? D'après mes repérages, le voler ne devrait pas être trop difficile. Quand je l'aurai, je l'étudierai. Quel rapport entretient-il avec cette machine dont je ne sais toujours rien ? Je suis curieuse de le savoir. Puis je l'échangerai contre mon père.

L'ouverture aura lieu dans l'Institut, le bâtiment à coupole qui abrite l'Académie française au bout du pont des Arts, en face du Louvre. On y rentre comme dans un moulin. Fingers in ze nose, vous dis-je. Vous n'êtes pas convaincus ? Vous voulez une simulation ? OK.

22 juin, 9 heures. Billie Bird se présente à la bibliothèque Mazarine. Elle brandit une fausse carte d'identité au nom d'Amanda Wang commandée sur le site des voleurs. (On se promènera sur le site plus tard, *don't worry.*) Le portier lui remet un badge. Elle grimpe à la bibliothèque Mazarine. Elle prend un livre au hasard et le consulte jusqu'à...

9 h 45. Billie sort de la bibliothèque et pénètre dans l'espace réservé au personnel. Elle gagne le côté « sciences » de l'Académie, se faufile dans la salle des archives, se cache derrière un buste de scientifique célèbre, à l'affût.

10 h 00. Arrivée des vénérables. Le président de la commission tient le pli 213. Billie attend que les portes soient fermées avant de surgir, un faux Glock à la main. Elle récupère le pli, ouvre la fenêtre donnant sur l'arrière de l'Institut, s'accroche à une gouttière, saute sur le trottoir. Mission accomplie, salut la compagnie !

Voilà pour la version idéale... que je suis obligée de revoir alors que je marche vers l'Institut.

Des véhicules de pompiers et de police déboulent d'un peu partout. Le quai Conti, bloqué à la circulation, se transforme illico en bouchon titanesque. Des policiers neutralisent le pont des Arts et refoulent les badauds vers le Louvre.

– Fuite de gaz ! lance un agent. Évacuez le périmètre !

Je renifle. Pas d'odeur suspecte. J'ai le fâcheux pressentiment que je suis en train de me faire doubler.

J'obéis à l'injonction, rejoins la rive droite, traverse la Seine par le Pont-Neuf, essaie d'atteindre l'Institut par la rive gauche. Aucun fonctionnaire en uniforme n'est capable de me renseigner sur la commission de l'Académie des sciences. Au culot, je questionne le portier de l'Institut mis dehors par les pompiers.

– Les sages ont décidé de se déplacer à la Sorbonne pour procéder à l'ouverture du pli, me renseigne-t-il.

Je fonce vers la plus vieille université de France. Arrivée là-bas, je me traite d'idiote. La Sorbonne, c'est grand. Je cours de bureau en bureau, limite hystérique. Pour la discrétion, on repassera. Miracle. Une secrétaire déniche l'info. La commission s'est réfugiée dans la bibliothèque de l'École pratique des hautes études, quatrième section, escalier E.

Je pique un sprint, grimpe l'escalier, pousse les portes de l'École pratique...

Aïe. Cette nana, derrière son comptoir, elle va me mettre des bâtons dans les roues. Elle est penchée sur une tâche sûrement essentielle. Je dirais : sudoku ou nettoyage d'ongles avec un trombone. J'avance en catimini, comme Jerry devant Tom endormi.

– Hepepep !

Je me fige.

– Votre carte d'étudiante.

J'affiche un sourire douloureux.

– Je veux juste aller à la bibliothèque.

Qui est là, à gauche. Le mot *Bibliothèque* est peint sur le mur avec une flèche qui donne la direction.

– Seuls les étudiants inscrits y ont accès.

Elle reprend son sudoku ou son nettoyage d'ongles avec un trombone.

La libération de mon père dépend de ce pli. La Cerbère ne m'empêchera pas de passer.

Je dégaine mon faux Glock et le lui colle sous le nez. Maintenant, elle ressemble à une poule prise dans les phares d'une voiture. Et pour info, l'option trombone était la bonne.

– Hoche juste la tête pour dire oui ou non. La commission des plis est en réunion ? (Elle hoche vertical.) Je te suis.

Les mains levées, elle me guide à la bibliothèque et est témoin, comme moi, d'un spectacle auquel j'étais loin de m'attendre. Les cinq membres de la commission sont effondrés sur une table. Ils ronflent en chœur. Un type affublé d'un masque à gaz vient de récupérer le pli, un portefeuille en cuir de vingt centimètres de haut sur dix de large. Il nous fixe derrière ses rondelles de verre.

Je bloque ma respiration. La fille prend une grande inspiration pour crier… et tombe, asphyxiée.

Le voleur grimpe sur une mezzanine. Je me lance à sa poursuite. Nous sortons de la bibliothèque pour commencer notre visite éclair de la Sorbonne. Il me balance son masque et des bouquins au passage. Et cetera ou tagada, au choix. La suite, jusqu'à la réception des docteurs honoris causa, vous la connaissez déjà.

Je suis revenue sur le pont des Arts. L'alerte au gaz a été levée. Une alerte sûrement bidon, d'ailleurs. Il suffit d'un coup de fil pour neutraliser un bâtiment officiel.

Deux amoureux accrochent un cadenas au grillage de la balustrade. Ils jettent la clé du cadenas dans la Seine et s'embrassent.

J'ai échoué. Un papy a volé le pli à ma place. J'ai échoué à sauver mon père.

Le couple me demande de les prendre en photo, avec l'île de la Cité en toile de fond. Je leur tourne le dos et m'éloigne sans répondre.

Dévastée, je rentre à l'appartement. Séraphin est déjà là. Ses dents de devant en train de pousser lui donnent un air de vampire. Il est la preuve vivante que l'adorable et l'insupportable peuvent cohabiter dans un même corps.

– Hello baby, il me lance.

Il trémousse de l'arrière-train comme une bimbo de téléréalité. Mon taliban d'appartement plonge dans le frigo, en extrait deux mini canettes de Coca, m'en jette une après l'avoir agitée, ouvre la sienne d'un doigt, façon buveur de bière aguerri.

– On fait tchin ?

– Tu veux qu'elle m'explose à la tronche ?

– Ouais ?

– Tu veux que je t'explose la tronche ?

Il éclate de rire avant de finir sa canette cul sec et de courir… plutôt voler vers sa chambre, bras collés contre le corps et faisant un bruit de moteur avec la bouche.

Je m'écroule sur le canapé. Comment je vais rattraper le coup ?

Il n'y a pas de problèmes, que des solutions. Un des préceptes de mon cher paternel. Aussi creux que ses blagues récurrentes. Pierre qui roule roule. Il n'y a pas de fumée sans fumée…

– Pas de problèmes, j'essaie de me convaincre.

Je me rabats sur la téloche, dérivatif aux idées noires. Un présentateur me dévoile les infos nationales.

Entre la sécheresse et une disparition d'enfant se glisse le vol qui a eu lieu dans l'ancienne Sorbonne. Un vieillard aurait dérobé un pli cacheté lors d'une réunion de l'Académie des sciences. Une punkette l'aurait poursuivi jusqu'au salon d'apparat où le doyen recevait des personnalités. Il n'y a aucune image de l'incident. Au moins, les médias l'oublieront rapidement.

Car l'histoire ne s'arrête pas là.

Un homme a été retrouvé mort dans les jardins du Luxembourg peu après ce cambriolage inédit. Les premières constatations laissent penser qu'il s'agit du voleur de la Sorbonne.

Le reportage montre les policiers aux abords de la fontaine Médicis. Un corps est vautré dans une chaise métallique. Il porte un pantalon gris perle.

D'après les témoins, il serait mort d'une crise cardiaque. Les secours sont arrivés trop tard. Quant au pli volé plus tôt à la Sorbonne, il a disparu.

Maintenant, une page de sports. Un footballeur s'exprime. J'éteins le son.

Le cœur de mon petit vieux a lâché. Le pli s'est évanoui dans la nature. Il a été récupéré par un complice ou par un passant, qui sait ? Si je caressais l'idée de partir à sa recherche, désormais je peux faire une croix dessus.

J'imagine les ravisseurs glosant sur mon échec et s'interrogeant sur ce prisonnier désormais gênant et inutile. « La dernière fois qu'on l'a eue, elle a exigé de vous parler, disent-ils à mon père. Dans l'état actuel des choses, est-ce encore nécessaire ? » Et papa, terrifié, comprend qu'on va l'exécuter.

Un bolide de trente kilos rebondit sur le canapé, roule sur la moquette et se rétablit pour se dresser sur la table basse. Séraphin est carmin de la tête aux pieds.

– Super Globule à la rescousse !!!

Il m'offre un sourire au calcium liquide à huit dents. Voire plus.

Super Globule se bat contre des virus imaginaires. Perfide, je l'arrête d'un :

– Tu sais que je suis déjà en vacances ?

Les collégiens finissent une semaine plus tôt que dans le primaire. Super Globule tombe sur les fesses, vaincu.

– C'est pas juste. Moi aussi je veux être en vacances.

Je n'ai pas trop envie de me morfondre ici en attendant que le téléphone sonne… ou pas. Je tends le prospectus du Predator Club Park à Séraphin.

– Bonne nouvelle, tu as gagné quinze jours dans ce paradis sur terre.

– Avec toi ?

– Sans moi. Mais y aura plein de jolies princesses qui auront envie de t'embrasser.

– Pouah. Pas avec la langue !

Il ira dans ce camp de vacances, qu'il le veuille ou non.

– Et si on partait à Rochefort ? je propose du tac au tac.

– Quand ?

– Maintenant.

Le computer Séraphin 2000 calcule.

– Je vais rater les quatre derniers jours d'école ?

Alors que ce sont les meilleurs. Plus de leçons à apprendre. Des jeux toute la journée avec les copains. Pas de Billie Bird sur le dos pour te dire fais-pas-çi fais-pas-ça… Séraphin hésite.

– OK. Tu termines l'année. Mais je te préviens : cantine lundi, mardi, jeudi, vendredi.

Super Globule pousse un cri étranglé et vole vers sa chambre pour préparer ses affaires.

Du fond du canapé, j'échafaude. Aller à Rochefort. Se réfugier chez le grand-père. La meilleure chose à faire.

– Pas de problèmes, que des solutions.

La clé

J –182

Je suis assise au bord d'un des bassins de radoub du vieil arsenal de Rochefort, les jambes pendantes dans le vide. De l'eau stagne au fond de la cuve géante. Des morceaux de bois y pourrissent. La vue est raccord avec mon état d'âme.

J'ai plus de neuf cent cinquante mille euros, fruit de mes précédentes aventures. Je les ai trimbalés de Garges à Rochefort où je les ai cachés dans la maison du grand-père. Je pourrais payer tous les détectives de l'Hexagone. Comment m'aideraient-ils à retrouver mon père ? Ce pactole ne me sert à rien.

Je ne peux pas m'en remettre à la Loi, trahir notre secret de famille. Aucun retour en arrière ne sera alors possible. Et pas sûr que la police me soit d'un grand secours non plus.

Pourtant… Quelle autre solution s'offre à moi ?

Je sors une pièce d'un euro. Pile je vais au commissariat. Face…

Je lance la pièce, tente de la rattraper, la rate. Elle plonge dans le bassin de radoub en faisant plouf.

– De mieux en mieux. (Histoire qu'on m'entende, je hurle, les mains en porte-voix.) J'ai pas besoin qu'on m'enfonce encore plus !

Deux roues crissent sur les graviers derrière moi. Je me retourne lentement.

Octave, juché sur son vélo de course, me sourit.

– Tu parles aux nuages maintenant ?

– Gloups, je réponds, les guiboles en coton.

La dernière fois que j'ai vu Octave, c'était dans le rétroviseur de la Vagabonde, alors que je l'abandonnais sur une route de la pluvieuse Angleterre, après une attaque des sbires de Kolpaki qui… Vous n'avez qu'à lire le récit de mes vacances de Pâques. Sachez tout de même que ce type traquait les têtes de bronze pour le compte d'une bande de tordus tatoués. Et qu'il m'a menti.

Il m'a aussi sorti de situations fâcheuses.

– Ça va ? me demande-t-il.

– Et toi ? je réponds automatiquement. (Il pose son vélo et s'assied à côté de moi.) Tu te balades ?

– Je te cherchais.

– Comment t'as su que j'étais ici ?

– Par ton frère.

– Séraphin ?

– Il a indiqué que vous partiez à Rochefort sur sa page Facebook.

– Séraphe est sur Facebook ?!

J'ai offert à Séraphin le dernier cri en matière de tablette numérique. L'idée de départ : qu'il s'amuse, qu'il regarde ses vidéos Pokémon, qu'il me fiche la paix.

J'ai assorti ce cadeau d'un règlement stipulant : « Tu ne feras pas joujou avec plus d'une heure par jour et surtout, SURTOUT, **SURTOUT**, tu n'iras pas sur Internet tout seul. Tu me demanderas avant et je vérifierai que tu peux surfer sur tel site ou tel autre. »

Et il raconte notre vie sur la Toile... Il va m'entendre !

– J'ai suivi tes derniers exploits.

Je prends une poignée de gravillons et les lance dans le bassin.

– La punkette de la Sorbonne, c'était toi ?

Je balance un caillou plus gros. Octave continue :

– Les ravisseurs t'ont recontactée pour que tu voles le pli 213.

Il y a un parpaing, pas loin. Et si je me levais pour lui offrir un baptême de l'air ?

– Le type qui t'a doublée...

Après, je prendrai ce qui me tombera sous la main : coffre-fort, piano à queue, caddies de supérette.

– ... s'appelait Christiensen.

Je dévisage Octave.

– Le petit vieux ? (Il acquiesce.) Tu le connaissais ?

– Il faisait partie des douze.

Quoi de plus logique ? J'ai barboté les têtes à leurs nez et à leurs barbes et abandonné Octave en cours de route. Ils m'ont rendu la politesse avec le pli de la Sorbonne. Un partout, la balle au centre.

– T'es un des leurs, non ? Pourquoi tu ne t'y es pas collé ? Je t'aurais couru après.

Je me mords les lèvres en songeant au double sens de mes propos. Lui courir après ? Et puis quoi encore !

– Je ne suis plus vraiment… l'un des leurs.

J'écarquille les yeux.

– Tu les as plantés ?

– Disons plutôt qu'ils m'ont remercié.

– Ils t'ont viré ? À cause des têtes ? Oh, je suis désolée. Tu vas faire quoi ? Finir ta thèse ? Voyager ? Ouvrir une saladerie à Rochefort ?

Nous nous affrontons du regard. Personne ne gagnera à ce petit jeu. Je laisse tomber et suis le vol d'un albatros en route pour l'Océan. Une salive amère a envahi ma bouche. Je ne sais pas cracher. Alors j'avale.

– Est-ce que tu as le pli ?

Le ton d'Octave est glaçant. Du coup, je tarde à répondre et je réfléchis. Je pourrais l'avoir, effectivement.

– Devine.

– Si tu l'avais, tu ne serais pas en train de déprimer.

– Donc je ne l'ai pas.

Octave étudie mon fin sourire, pas si fin finalement.

– On peut rattraper le coup.

– On ?

– Oui « on », martèle Octave. On a un problème. Toi avec ton père, moi avec les douze. Je sais deux trois choses qui pourraient nous aider à les résoudre.

Une seconde alliance ? L'idée est séduisante, même si je ne vois pas comment nous pourrons nous entendre au bout du compte.

– Je t'écoute.

– Les membres de la commission ont eu le temps de lire le nom de celui qui a déposé le pli en 1765 avant que Christiensen les endorme. Il s'appelait Michel Benoist.

Je me creuse la cervelle. J'ai l'impression d'avoir déjà entendu ce nom quelque part. Octave éclaire ma lanterne.

– Michel Benoist a conçu la fontaine du zodiaque avec le père Castiglione. Le pli qui s'est évanoui dans la nature était en fait un mode d'emploi, le mode d'emploi de la machine.

– Le pli était un mode d'emploi, je répète. Le mode d'emploi de la machine… Elle sert à quoi votre saleté de machine ?

Octave m'observe comme un laborantin doit observer une grenouille avant de la disséquer. Nous allons continuer ensemble, oui. Nous aurons sans doute de bons et de mauvais moments. Mais je lui ferai payer ce regard.

– Ils auront beau posséder toutes les têtes du zodiaque, reprend-il en ignorant ma dernière question. Sans le mode d'emploi, ils ne pourront rien faire. Sans le mode d'emploi et sans la clé.

– La clé ?

– La clé de Héron. La machine ne fonctionnera pas sans elle.

– La clé de Héron…

La mention d'une clé aurait dû me galvaniser. Pauvre petite grenouille, je reste inerte sur ma paillasse.

– Ton père ne t'en a jamais parlé ?

– De quoi ?

– De la clé de Héron !

– Et pourquoi il m'en aurait parlé ? (Le regard d'Octave se vide. Je me force à me calmer.) Je suis prête à réaliser le vol du siècle. Elle est où ta fameuse clé ?

– Je n'en ai aucune idée.

– De mieux en mieux.

Je me lève et m'éloigne du bassin, un peu étourdie. Manquerait plus que je tombe dedans.

– Si tu veux gagner du temps, reprend Octave, contacte les ravisseurs. Dis-leur que tu pars à la recherche d'un nouvel élément de la machine. Tu as déjà fait tes preuves.

Je contemple l'horizon, le ciel, les nuages. Une phrase idiote tourne dans ma tête : « C'est reparti pour un tour. »

– Quelqu'un les contactera à ma place.

– Qui ?

Le pape ? James Bond ? Super Globule ?

– Dracula, je réponds à Octave sur le ton de l'évidence.

Si je vous dis Dracula, vous pensez Vlad l'Empaleur, dents qui saignent, et vous hésitez entre vous marrer et prendre vos jambes à votre cou vierge de toute morsure.

Mon Dracula n'a rien à voir avec un suceur de sang. Il est ce qu'on appelle un intermédiaire.

Intermédiaire. Du latin *intermedius*, « qui est au milieu ». Synonyme : parasite.

Prenez n'importe quel produit, du producteur au consommateur il passera entre je ne sais combien de mains. Et à chaque fois, son prix augmentera. Exemple : les épiciers de quartier qui s'approvisionnent dans les grandes surfaces et multiplient les prix par deux. Personnellement, je range cette pratique dans la catégorie du vol légal, le consommateur se faisant voler en connaissance de cause.

Revenons à Dracula, intermédiaire entre les ravisseurs et moi. Je l'ai rencontré une fois. (Vous l'avez vu dans le résumé des épisodes précédents.) Je ne sais pas où il crèche ni qui il est mais je peux le contacter via un site, le site des voleurs, dont j'ai appris l'existence grâce au carnet de mon père.

Bravo pour ceux qui suivent. Tant pis pour les autres. Ah. Ah.

Pour me connecter à Internet, rien de plus facile. Avec mon ordi, de n'importe où.

Sauf qu'il y a un hic. Et ce hic a pour nom Gorko Kolpaki.

Vous l'avez croisé, lui aussi. Le type sympa qui voulait couper un doigt à mon petit frère. Une des têtes du zodiaque – celle du serpent – lui appartenait. Ses trois gardes du corps nous ont attaqués en Angleterre et ont mitraillé la Vagabonde (retapée par Nono, merci Nono !). Ils nous avaient repérés lorsque je m'étais connectée au site des voleurs.

Depuis, Kolpaki connaît l'adresse IP de mon ancien ordinateur portable. Je m'en suis racheté un. J'ai une nouvelle adresse. Mais je m'interdis d'aller sur le site des voleurs avec. Des fois que le loup soit à l'affût…

Donc, je dois m'éloigner pour utiliser un autre ordi que le mien. Pas la peine de prendre l'avion pour Singapour. Un TER fera l'affaire.

J'arrive à Angoulême en fin d'après-midi. Je dégote un café internet joyeusement animé par des gamins qui jouent en réseau. Octave m'a donné son numéro de portable. Il m'attendra à Rochefort. J'ai promis au grand-père que je serai de retour dans la soirée.

Je me connecte au site des voleurs qui n'a pas changé depuis ma dernière visite. La croix de la page d'accueil me propose cinq accès : la bourse, le café, la droguerie, la librairie et, au centre de ce village virtuel, la poste. J'ouvre le module de messagerie et envoie les dernières infos de Billie Bird à Dracula. Pourvu qu'il soit devant sa machine… Je patiente pendant que les collégiens décérébrés s'entre-tuent à coups de blastolasers dans des stations orbitales désaffectées. Ouf. Dracula est là. « Je transmets », répond-il.

Je devrais me déconnecter aussi sec. Kolpaki est sûrement en train de hurler comme un putois dans sa villa de Saint-Jean-Cap-Ferrat : « Elle est à Angoulême ! Bougez-vous les fesses ! Chopez-la et ramenez-la-moi morte ou vive ! » Je prends quand même cinq minutes pour visiter la droguerie des voleurs.

Qui cherche trouve et ce que je cherche s'y trouve. Je paye avec la carte bleue de papa (ma deuxième source financière, pas forcément inépuisable). Nous échangeons par texto avec le vendeur, hors site. Je pourrai retirer mon achat dès demain dans la station-service de mon choix. J'indique Rochefort. Il me répond : « Votre article sera disponible station Bidule sortie sud de Rochefort/code de retrait : A12. »

Quand je rentre chez le Capitaine, à onze heures du soir, ça roupille à tous les étages. Je passe un coup de fil à Octave pour le tenir au courant. Je gagne ma chambre au fin fond de cette maison grotte. Je dépose un bisou sur le front de Séraphin. Je me glisse sous les draps, dans mon lit breton dont je ferme la porte coulissante. Je mets le téléphone des ravisseurs sur mode vibreur. Des fois qu'ils aient envie de papoter sur mon projet à court terme.

J'attends. J'attends. J'attends.

Et je m'endors.

Ananké

J -181

Ils n'ont toujours pas appelé lorsque je me réveille.

Pétard !

En cinq minutes, je suis debout, habillée, prête à affronter une horde barbare. Il est huit heures passées. Le grand-père prend son petit-déjeuner.

– Enfin tombée de ton lit ?

Je me confectionne un chocolat chaud comme Vulcain son bol de lave du matin.

– Où est Séraphin ?

– Parti sauver le monde.

J'ai peu vu le grand-père hier. Déjà, il était lucide. Alors qu'Al Zheimer est devenu son meilleur ami depuis quelques années, l'entraînant vers la démence. Je remarque que les papiers décrivant les mille et une choses à se rappeler au quotidien se sont envolés du frigo, des portes, des fenêtres. En plus, le Capitaine est drôlement chic. Veste en velours. Chemise boutonnée jeudi avec jeudi… Y a un truc qui cloche.

– Ma maladie est entrée dans une nouvelle phase, m'affranchit le grand-père sans que j'aie besoin de poser la question. Ma mémoire récente fonctionne très bien. Par contre, les souvenirs lointains ont tendance à me glisser entre les doigts. (Il écarquille les yeux, comique.) Les ténèbres se rapprochent mais nous les combattrons avec bravoure. Bois ta mixture avant qu'elle refroidisse. (J'obéis.) Alphonse est toujours en Grèce ?

Je m'étrangle avec mon chocolat.

– Grloui.

– Quel bandit.

Grand-père sait-il pour la façon dont papa gagne sa vie ? Je donne ma langue au chat.

Le tic-tac de l'horloge savoyarde découpe le silence. Des pigeons roucoulent sur le rebord de la fenêtre. Le téléphone des ravisseurs choisit ce moment pour sonner. Je l'observe sans réagir.

– Tu ne réponds pas ?

Je décroche comme une somnambule.

– Allô ?

– Billie Bird ?

– Oui.

– Dracula nous a contactés.

– …

– Vous avez mentionné un élément de la machine que nous ne posséderions pas.

Suprême jouissance, l'interlocuteur à la voix trafiquée qui me pourrit la vie depuis bientôt trois mois n'a pas l'air à l'aise dans ses baskets.

Alors que je me lève pour répondre depuis un coin de la cuisine, il récapitule :

– Vous avez échoué à la Sorbonne. Nous tenons votre père. N'espérez aucune clémence de notre part. Quel est cet élément ?

– Une clé, tête de nœud.

J'avoue, le « tête de nœud » m'a échappé. Mais il soulage. À tel point que je me lâche.

– La clé de Héron. Vous n'en aviez jamais entendu parler, hein ? La machine ne fonctionnera pas sans elle.

– Vous savez où est cette clé ?

Tu tournes ta langue sept fois dans ta bouche, Billie Bird, et tu conserves les rares atouts que tu possèdes.

– Passez-moi mon père, je chuchote.

Le Capitaine m'observe, intrigué, depuis l'autre bout de la table.

– Une minute.

J'entends le ravisseur marcher, descendre des escaliers, pousser des portes. Cette minute dure un siècle.

– Allô ?

– Papa !

– Ma chérie…

Il réprime un sanglot.

– Papa. Je vais te sortir de là. Je vais chercher la clé…

– Celle de Héron d'Alexandrie ?

Le téléphone est arraché des mains de mon père, une porte se referme.

– Vous avez entendu ? reprend le ravisseur. Ce cher Héron d'Alexandrie était dans le coup, lui aussi. (Le ravisseur souffle dans le micro.) Traquez cette clé, Billie Bird. Notre compte à rebours reste inchangé.

Je tremble comme une feuille au moment où il raccroche.

– Tu parlais avec ton père ? me demande le Capitaine.

Je l'observe comme si c'était un extraterrestre. Le téléphone se remet à sonner. Je décroche instantanément.

– Je vais vous envoyer un message. Il aura deux vertus. Vous encourager et vous rappeler que nous ne sommes pas dans un jeu.

Le ravisseur raccroche à nouveau.

– Tu aurais pu me le passer, maugrée Onésime Bird. J'avais une ou deux choses à lui dire.

Une vibration m'indique l'arrivée du message. Je l'écoute. Plutôt, j'entends un homme hurler.

J'éteins le téléphone précipitamment. Le hurlement résonne encore dans mes oreilles. Ces salopards torturent mon père !

– Billie ? Tu ne te sens pas bien ?

J'adresse un regard désolé au grand-père avant de courir vers les toilettes. Je vomis tout ce que j'ai dans le ventre. Mais je garde la colère.

Je me suis installée dans le bureau du grand-père pour réfléchir. Les vieilles reliures me rassurent.

Et la vue sur le petit jardin, en partie occultée par la vigne vierge qui s'accroche à la fenêtre.

Je pourrais effacer le message de la boîte vocale du portable. Je décide de le garder. Pour servir de preuve, plus tard ? Pour alimenter ma haine ? En tout cas, je le garde et je me remémore les quelques mots échangés avec papa.

« Je vais chercher la clé. »

« Celle de Héron d'Alexandrie ? »

– Celle de Héron d'Alexandrie, je répète, à haute voix.

« Ton père ne t'en a jamais parlé ? »

Cette fois, la voix d'Octave résonne dans mon crâne.

« De quoi ? »

« De la clé de Héron ! »

C'est fait. Merci. Et ça m'avance à quoi ?

Je me prends la tête à deux mains et me colle le front contre le bureau.

Papa et Octave savent des choses que j'ignore. Je suis censée sauver l'un et aider l'autre ? Désolée, les gars, mais la parité homme/femme n'est pas respectée. N'empêche que tout repose sur mes frêles épaules.

– Comme d'habitude, j'ajoute.

Héron d'Alexandrie... J'étudie la bibliothèque du grand-père, en sors un gros volume biographique, l'ouvre à la lettre H. Un Héron est indiqué, oui. La notice qui lui est consacrée me fait comprendre qu'il s'agit du bon.

« HÉRON, mécanicien et mathématicien d'Alexandrie, disciple de Ctésibius, vivait vers l'an 120 av. J.-C.

Il aborda presque toutes les parties des mathématiques appliquées, fit des automates, des clepsydres et des machines à vent, inventa la fontaine qui porte encore son nom, et composa de savants écrits dont il reste quelques fragments. »

Dans cette notice, un mot a fait tilt. Je vous laisse le souligner avec un crayon à papier.

– Héron, Héron, Héron, je ragasse.

Comme pour Michel Benoist, j'ai déjà croisé son nom. Dans un petit bouquin… Je me concentre. Non. Un carnet. Le carnet de mon père !!!

Je cours au vestibule dans lequel mon manteau de cuir vert est accroché. J'en sors le carnet de mon père et l'ouvre à la lettre H. La notice que j'ai lue précédemment est reportée mot pour mot, ainsi qu'un signe flanqué de lettres bizarres :

ʼΑΝΆ⊙ΓΚΗ

– Tu te sens mieux ? me demande le Capitaine.

Je ne l'ai pas entendu venir. Il m'a fichu une de ces trouilles !

– J'ai mangé un kebab hier soir. Il n'est pas passé.

Il renifle, sceptique.

– Tu n'es pas enceinte, au moins ?

J'éclate de rire et me jette à son cou. Il me tapote gentiment le dos… et me prend le carnet des mains, ouvert.

– Le carnet d'Alphonse, reconnaît-il. (Il chausse ses demi-lunes.) Il ne l'a pas emporté en Grèce ?

– Il l'a oublié.

– J'ai plus de tête que lui. Ananké.
– Pardon ?
Le grand-père retourne le carnet et me montre le signe flanqué de deux syllabes bizarres.
– Ce sont des majuscules grecques. Si on rapproche les deux blocs, elles donnent *ananké* qui signifie la fatalité, le destin.
– Et le rond avec un point au milieu ?
– C'est un rond avec un point au milieu... ou le symbole alchimique de l'or, du feu, du soleil. (Le grand-père se gratte le crâne.) Pourquoi t'y intéresses-tu ?
– Je participe à une chasse au trésor, je précise. Papa a imaginé une chasse au trésor. Pour moi. Séraphin va dans son parc de prédateurs, moi je cherche le trésor.
– Vraiment ?
– Vraiment.
Ne me demandez pas pourquoi j'ai inventé un truc pareil. En tout cas, le grand-père rétorque :
– Les méthodes pédagogiques de mon fils unique m'épateront toujours. Pourquoi Héron ?
– Je dois retrouver quelque chose qu'il a fabriqué. Une clé.
– Et l'ananké est ton seul indice... Alphonse Bird, vous êtes tombé sur plus fort que vous. Suis-moi, chasseuse de trésors.
Nous retournons dans le bureau du Capitaine. Sémiramis, la chatte siamoise de la maison, nous rejoint et s'installe sur une pile de revues archéologiques. Le maître des lieux remet le dictionnaire biographique à sa place et farfouille dans les étagères.

Il extirpe de son capharnaüm un livre grand comme la main. Cette fois, il farfouille entre les pages.

– Cette quête se limite-t-elle à Rochefort ?

– Le terrain sera plus étendu.

– Dommage que tu sois trop jeune pour conduire la Vagabonde.

Il a tout oublié de l'épisode précédent mais il se souvient que je n'ai que quinze ans. Zut.

– Je ne chasse pas seule, je réplique. J'ai un partenaire.

Le Capitaine m'observe par-dessus ses demi-lunes.

– Un partenaire ? De mieux en mieux. Comment s'appelle-t-il ?

– Octave, je réponds sans pouvoir m'empêcher de sourire.

– Et ton Octave a son permis de conduire ? (J'acquiesce avec vigueur.) Il est à Rochefort ? (Rebelote.) Je vous prêterai la Vagabonde si tu me le présentes.

Le Capitaine revient à son livre et lit :

– « *Averroès a enterré un rayon de soleil sous le premier pilier de gauche du sanctuaire du Koran, dans la grande mahomerie de Cordoue ; mais on ne pourra ouvrir le caveau pour voir si l'opération a réussi que dans huit mille ans.* »

Il referme le volume en le faisant claquer. Un nuage de poussière s'en échappe.

– Et ?

– Quoi « et » ? C'est tout ce que Victor Hugo t'inspire ? *Notre-Dame de Paris.* Vous l'avez étudié au moins ?

– Notre prof de français nous a fait bûcher sur Flaubert.

– On lui pardonne. (Il tapote la reliure de l'édition peut-être originale.) Hugo parle d'un sage ésotériste du XIIe siècle, Averroès, qui aurait enfermé un rayon de soleil dans un des piliers de la mosquée de Cordoue. Soleil. Rond avec un point au milieu.

Qu'il dessine dans l'espace devant mon nez de demeurée.

– OK pour le soleil. Mais l'ananké ?

– C'est le titre du chapitre dont je viens de te lire un passage. Ananké ! Ananké ! (Il me tape deux fois sur le crâne avec son bouquin.) Le mot gravé sur les murs de Notre-Dame par l'infâme Frollo !

Grand-père redevient-il dément ? Mon petit doigt me dit que non, et mon intuition qu'il vient de tirer un fil lié à l'indice. Chasseurs de trésors de toutes contrées, tournez-vous vers les ancêtres érudits pour mettre la chance de votre côté ! Mon cerveau turbine à cent tours seconde. Le grand-père ouvre un atlas sur la double page de l'Europe du Sud.

– Cordoue, indique-t-il. Espagne du Sud. Une trotte pour y aller. Et les pirates barbaresques y tiennent des positions inexpugnables.

– Si je te présente Octave, tu nous prêteras vraiment la Vagabonde ?

– Encore faut-il qu'il m'agrée. (Je l'embrasse plus fort que la dernière fois.) Va, aventurière. Vole vers ton destin. Tu peux compter sur ton grand-père. Il s'occupera de Séraphin. Il est où, d'ailleurs, ce diablotin ? Séraphin !!!

On le cherche. Aucune voix flûtée pour nous répondre depuis le salon mauresque, la salle de bain indienne, ou quelque recoin de cette maison univers.

– Tout à l'heure, tu as dit qu'il sauvait le monde.

Le Capitaine claque des doigts.

– Je lui ai prêté mon bip. On va le localiser avec ton ordinateur. Tu l'as, au moins ?

Bien sûr que j'ai mon ordi, il est l'extension naturelle de Billie.

Nous nous installons dans la salle à manger.

– Connecte-toi.

Il tape l'adresse d'un site qui ressemble à la page d'accueil d'une maison de retraite. Il saisit son nom et un code identifiant. Une carte apparaît, celle de Rochefort agrémentée d'un point rouge. Il zoome sur la maison, zoome encore…

– Le chenapan est dans le garage.

– Je te tiens, Métabolik ! Prépare-toi à mourir !

Séraphin simule quelque duel ultime dans le fourgon Volkswagen qui nous sert de navire Argos. La Vagabonde. Maison mobile de trois tonnes pouvant atteindre les cent dix kilomètres heure, en pente avec le vent dans le dos, formidable fabrique de souvenirs et d'aventures.

J'ai les clés et les papiers. Les batteries sont chargées à bloc. Le plein est fait. À ma place vous auriez des fourmis dans la chaussure droite, celle qui pèse sur la pédale d'accélérateur.

Cours Billie, cours. Sur les traces de l'ananké, de Hugo et de Cordoue. Cours. Tu rendras au centuple la souffrance que subit ton père.

Le Capitaine fait coulisser la porte latérale du Vévé.

– Arrête de jouer avec mon bip !

– Touché ! J'suis mort ! Aaaaargh !

Séraphin s'effondre sur la banquette. Un boîtier noir format boîte de chewing-gum repose dans sa main. Grand-père m'a expliqué qu'il servait à géolocaliser les personnes victimes d'absences comme lui. Des fois qu'il lui prenne l'envie de visiter les parcs à huîtres d'Oléron, en chaussons et robe de chambre, au beau milieu de la nuit. C'est de la haute technologie. Avec satellite et tout et tout.

Pour l'instant, il n'en a pas besoin. Le grand-père assure. Il prend même en charge ce pour quoi je ne suis pas très armée : les séparations.

– Billie va partir avec la Vagabonde, affranchit-il Séraphin. Nous allons rester ensemble une semaine. Puis tu iras à ton parc de prédateurs.

Séraphin et grand-père s'entendent comme larrons en foire. Ensemble, ils ne s'ennuient jamais. Je ne suis pas inquiète de ce côté. Séraphin qui n'a pas l'esprit dans les chaussettes se tourne vers moi.

– Tu reviendras vite ?

– Promis.

– Alors je suis d'accord, accepte-t-il contre toute attente.

Je craignais des tractations sans fin et j'ai le feu vert du mâle ! Je vais préparer mes affaires. Avant de redescendre, j'appelle Octave.

– Rendez-vous devant l'entrée de l'arsenal dans un quart d'heure. On part en Espagne. Je t'expliquerai plus tard.

Je pense au porte-vélos qu'il avait accroché à l'arrière de la Vagabonde lors de notre premier périple. Il est entreposé dans un coin du garage. Je décide de le remettre à sa place. Séraphin observe mon manège, de plus en plus soupçonneux.

– Qui c'est qui va conduire ? il demande.

– Moi, dans un premier temps, répond le Capitaine. (Saint Christophe nous protège.) Je n'en aurai pas pour long. Tu m'attendras ici.

Le Capitaine s'installe au volant de la Vagabonde. Si je croyais en Dieu, je me signerais. J'ouvre la porte du garage. Il démarre. Le fourgon avance par à-coups sur le trottoir.

– Tu vas chercher d'autres têtes ? veut savoir Séraphin, qui nous suit.

– Non, mais quelque chose pour libérer papa.

– Tu pars avec Octave ?

Séraphin serre les poings. Ses yeux sont humides. Il est à deux doigts de s'accrocher à ma portière.

– Écoute minus, je suis au courant pour ton compte Facebook. Je te laisse ton ordi. Mais si tu vas sur Internet tout seul, je te le confisque à mon retour. Compris ?

Il devient pivoine. Des larmes envahissent ses yeux. Je ne sais pas quand je le reverrai et je l'abandonne avec le sentiment de la faute. Je vous le disais. Je suis vraiment nulle pour les séparations.

Le Capitaine me le fait payer, d'une certaine manière. De chez lui à l'arsenal, je m'excuse trois fois auprès d'automobilistes dans leur droit et je croise les doigts des mains et des pieds pour qu'on ne soit pas arrêtés par la police. Il réussit à prendre deux rues en sens interdit et un rond-point à l'envers. L'enfer.

Octave nous attend, appuyé contre son vélo, un sac à dos à côté de lui. Je lui fais de grands signes pour qu'il s'écarte. Cet idiot comprend au dernier moment. Il recule avec sac et bicloune. Heureusement. Sinon on commençait notre voyage par la case *Urgences*.

Le grand-père saute de la Vagabonde. Son œil d'ancien ingénieur des Ponts et Chaussées jauge le nouveau venu. Sûr qu'il l'estime en termes de résistance et de fiabilité.

– Mon garçon, je suis le grand-père de Billie. S'il lui arrive quoi que ce soit de fâcheux, je vous en tiendrai pour personnellement responsable.

Octave accuse le coup. Je lui dis d'accrocher son vélo à l'arrière. Il paraît touché que j'aie installé le portique. Pendant qu'il sangle sa monture, le Cap' me glisse :

– Ne t'inquiète pas pour ton père. Il s'en sort toujours.

J'en reste comme deux ronds de flan. Il pense à ce que je pense ? Il est au courant ? Il est extralucide ou il parle d'autre chose ? Toutes questions que je garde pour moi.

– On te raccompagne à la maison ? je propose.

– Non-non. Je rentrerai à pinces.

Je le serre fort dans mes bras avant de grimper dans le Vévé. Octave s'assied à la place du conducteur. Il fait ronronner le moteur. Il joue avec le levier de vitesses. Il est content de retrouver son poste de chauffeur.

– *¿ Vamos ?* il demande.

– *Vamos.*

Le patriarche nous lance depuis le trottoir :

– Que les alizés vous soient favorables !

Le moteur du T2, véritable fanfare mécanique, accompagne notre départ d'un concert de pétarades.

J'ai mis Octave au courant pour la trouvaille du grand-père. Il en sait sûrement plus que moi. Mais je trouverai le moyen de le faire parler.

– L'Andalousie… Ça va nous changer de l'Angleterre.

– On aura moins de pluie.

– Perso, j'aime autant. Surtout si tu m'éjectes de la Vagabonde…

Tu n'as pas digéré le fait que je t'abandonne alors que tu me mentais depuis le début ? Tant pis pour toi.

– Je ne ferai rien pour t'empêcher de sauver ton père. Si jamais tu doutes de moi, annonce la couleur un peu plus tôt, ne me plante pas au dernier moment, d'ac ?

– D'ac.

Nous quittons Rochefort par le sud. J'ai l'impression d'oublier quelque chose.

– Arrête-toi là !!! je hurle en voyant la station Bidule.

Octave s'engouffre dans la voie de dégagement en donnant un violent coup de volant.

– Pareil pour les directions à prendre ! il fulmine. Préviens avant !

Je lui jette un regard noir.

– Gare-toi devant la boutique. (Je saute du camion.) Je reviens tout de suite.

C'est une mini station-essence. L'employé somnole derrière son guichet. Je fonds sur lui comme un gerfaut sur un rongeur innocent.

– Bonjour !

– Euh… Bonjour.

– Je souhaiterais retirer… Enfin, vous savez… L'article acheté sur le site internet ? Vous voyez ?

Il affiche un sourire idiot.

– Pas du tout non.

Je lui glisse en désespoir de cause :

– A12.

L'employé écarquille les yeux. Il pense très clairement avoir affaire à une folle.

– Laissez tomber.

Je me serais trompée ? Je fais le tour des rayons – il ne me faut pas plus de vingt secondes –, me retrouve devant une machine à friandises.

A12. La torsade correspondant à cette case paraît vide. Quoique. Je discerne un emballage au fond.

Je mets un euro dans la machine. Je tape le code. La torsade tourne lentement. Un paquet se rapproche, poussé par la vis sans fin. Il tombe dans le bac. Je le récupère et retourne dans le camion.

– Y a quoi dans ton paquet surprise ? veut savoir Octave.

Je l'ouvre et en extirpe une clé USB, sans marque, noire.

– Brouilleur à adresse IP. Je l'ai acheté sur le site des voleurs. Avec, je pourrai me connecter sans que Kolpaki me localise.

– Kolpaki… Je l'avais oublié celui-là.

J'allume illico mon ordinateur portable, capte Internet, me rends sur un site qui référence les compagnies aériennes.

– Qu'est-ce que tu fabriques ?

– Je cherche un vol pour l'Andalousie à partir de Nantes ou de Bordeaux.

– Je pensais qu'on irait en Vévé ?

Je n'ai pas envie de faire écouter le message à Octave, pas tout de suite. Mais je pianote avec frénésie tout en détachant les syllabes afin qu'il comprenne bien ce que j'ai à lui dire :

– Les types qui retiennent mon père prisonnier sont des sadiques. Je sais qu'ils le torturent. Je dois le sortir de là le plus vite possible.

– Pourquoi tu as acheté ce brouilleur ?

– Pardon ?

– Pourquoi tu l'as acheté ?

– Je te l'ai expliqué. Pour que Kolpaki évite de me repérer.

– Ce mec est une pieuvre. Imagine qu'il ait accès aux bases de données de réservation ou aux systèmes de surveillance des aéroports. Il nous cueillerait à la descente de l'avion.

Mes doigts ralentissent. Octave a raison.

– Alors que si on se rend dans le sud de l'Espagne en Vagabonde par les routes secondaires, nous serons indétectables.

Un point pour le banni des douze. J'éteins le portable, le ferme et le range.

– Démarre.

Octave n'obtempère pas.

– Autre chose, reprend-il. Tu vis des moments difficiles depuis que ton père a été enlevé. Je suis au courant. Faut pas que ça t'empêche de rester… humaine.

– Je ne vois pas…

– Arrête. Démarre. Accélère. Si tu continues sur ce ton, je pars de mon côté à Cordoue. C'est clair ?

Je me retiens de frapper le tableau de bord. La Vagabonde ne m'a rien fait, elle.

– Clair, je réponds, économe.

On se réengage sur l'autoroute. Les kilomètres défilent. Nous sommes plongés dans nos pensées respectives. Au bout d'un quart d'heure, Octave ne peut s'empêcher de s'exclamer :

– La première passe vachement bien. Et elle a une super reprise !

– Nono l'a améliorée, je grommelle.

– Nono ?

– Le garagiste qui s'occupe de la Vagabonde.

– Tu sens les amortisseurs ? Un pur bonheur.

Octave rebondit sur son siège comme un moine sauteur. Tout d'un coup, il se calme et affiche une mine sombre.

– Kolpaki ne pourra pas nous repérer. Sauf si…

– Sauf si ceux qui nous ont attaqués en Angleterre ont relevé le numéro d'immatriculation de la Vagabonde. (Je mets mes lunettes noires.) Les papiers du camion sont enregistrés à une fausse adresse. Et je suis rentrée dans la base de données d'Europol (Je mens). Notre camion n'y apparaît pas.

Octave essaie de percer le mystère de mon profil de sphinx.

– T'es une tueuse toi, tu sais ?

Je tends mon bras à l'extérieur, écarte les doigts et joue avec le vent.

– Une tueuse ? Nan. Juste une voleuse.

La route

J -180

Nous passons la nuit dans une ferme-auberge près de la frontière espagnole, dans le Pays basque. Nos hôtes sont sympas. Ils élèvent des veaux. Au menu : piperade et axoa. Le piment d'Espelette, il ARRACHE !!!

Je voyage avec un jeune homme de vingt-cinq ans. Je peux paraître plus vieille que mes quinze ans et les gens que nous croisons nous rangent illico dans la catégorie amoureux en goguette. Ils nous trouvent mignons. Et Octave ne nie pas !

Que les choses soient claires : il dort dans le hamac en haut et moi en bas. À la première occasion, je l'ostracise dans un abri de berger infesté de serpents ou dans une tente pas étanche un soir d'orage. Vous savez ce qu'il m'a sorti au dîner ? « Tu peux me passer le sel, mon poussin ? » Les fermiers se sont pris la main. Ils faisaient un grand bond romantique de vingt ans en arrière. « Tiens mon canard », je lui ai répondu en lui filant le poivre.

Dans le coin, les canards on les gave, on les éventre et on les mange en terrine. On fait aussi des brochettes avec leur cœur. À bon entendeur, salut.

Nous longeons le golfe de Gascogne. Octave aurait préféré entrer en Espagne par le milieu des Pyrénées, frontière naturelle entre la péninsule ibérique et l'Europe septentrionale, dirait mon prof de géo.

– Pourquoi ? j'ai osé lui demander, candide.

– À cause du Tourmalet.

– C'est quoi le Tourmalet ?

J'ignore quatre-vingt-dix-neuf pour cent de ce qui constitue Octave. Un peu comme les scientifiques avec l'univers. Mais, dans le un pour cent restant, je sais qu'il porte trois casquettes.

Casquette 1 : il est étudiant en histoire de l'art. En doctorat. Son sujet de thèse ? Un tombeau chinois pas encore fouillé de la dynastie Ping ou Pong.

Casquette 2 : il était l'un des douze. Il a le signe de l'infini (ou boucle du diable) tatoué sur le bras. Ami ou ennemi ? Concurrent en tout cas.

Casquette 3 : il est fana de vélo. Dès qu'il voit une route onduler, dévaler, grimper, il frétille. Je suis sûre qu'il a emporté sa tenue de vélocipédiste. Le braquet, les pédales, les cols à franchir en danseuse, c'est son kiff. Je respecte. Chacun a droit à son espace de liberté.

– T'as jamais entendu parler du Tourmalet ? LE col du Tour de France ? Mille quatre cents mètres à monter sur dix-huit kilomètres soit une pente de sept virgule soixante-dix-sept pour cent ? (Il reprend sa respiration.) Eugène Christophe a participé à la Grande Boucle en 1913. Il a cassé sa fourche dans la descente. À l'époque, l'assistance technique était interdite. Tu sais comment il s'en est sorti ?

– Non, j'avoue, misérable scarabée ignare.

– Il s'est tapé quinze kilomètres à pied jusqu'à une forge avant de réparer sa fourche lui-même ! Du sport ! Du vrai !

Il me casse les oreilles avec ses héros des temps anciens. Je l'invite à se garer sur le bas-côté et lui propose un deal.

– Je conduis, tu pédales.

– Je te rappelle que...

– Je n'ai pas mon permis mais je sais conduire. Et je ne freinerai pas inopinément pour que tu t'exploses contre le hayon. (Autre nom pour coffre.) C'est à prendre ou à laisser.

Octave pèse le pour et le contre. Je comprends pourquoi il hésite avec un temps de retard.

– Tu as peur que je trace jusqu'à Cordoue en te laissant derrière ? (Son regard fuyant me dit que j'ai vu juste.) J'aurais pu te laisser à Rochefort. Si je t'ai appelé, c'est que je te fais un minimum confiance, non ?

– Si.

– Alors tu serais gentil de me rendre la pareille. Surtout que moi, je n'ai rien à cacher.

– C'est bon. Dehors, Billie Bird.

Il s'enferme dans la Vagabonde, se met en tenue – j'aurais dû parier… –, décroche son bicloune et me laisse le volant. Je m'installe à la place du conducteur, joue avec l'accélérateur, engage la première. Et si je le semais, finalement ?

Au début, je gardais Octave dans le rétro et je m'arrêtais tous les cinq kilomètres. Il ne marquait pas la pause et me faisait signe de continuer. Donc je l'ai semé. Je l'attends cent kilomètres plus loin, au nord de Burgos. J'en profite pour traîner sur le Net.

J'ai l'humeur vagabonde. Je tape *sport* et *plaisir* sur Google. J'aimerais comprendre les cyclistes. Une page m'apprend que des efforts intenses fournis sur une période d'au moins quatre-vingt-dix minutes forcent le corps à secréter de la dopamine ou hormone du plaisir. Vous m'en direz tant. Il est drogué ! Vue sous cet angle, sa passion m'apparaît différemment.

La construction d'Internet, toile infinie aux chemins imprévisibles, m'aiguille vers les drogues, sujet dont je ne connais strictement rien. On m'a proposé un pétard, une fois. L'odeur m'a révulsée. J'erre de schémas en témoignages jusqu'à une page expliquant comment les services secrets américains utilisaient et utilisent encore le penthotal – aussi appelé sérum de vérité – pour arracher des aveux à leurs prisonniers.

Une idée germe dans mon esprit machiavélique. Mais Octave rapplique, liquide et avec la banane. On dirait Séraphin venant d'essayer un nouveau jeu. Je ferme mon ordi et l'accueille d'un :

– Bonne éclate ?

– D'enfer, avoue-t-il dans un souffle.

Il raccroche son vélo, se change, boit deux litres d'eau. Je rends le volant à un mec complètement défoncé. Je suis une fille irresponsable.

Nous contournons Burgos, déjeunons sur le pouce et atteignons Madrid en fin d'après-midi. On a assez roulé pour la journée et je tiens à voir le Prado qui est un peu le Louvre espagnol. Que vous soyez petit, grand, moche, beau, rappeur ou accro à la bicyclette, allez au musée.

Mon père m'a refilé le virus. Il m'a aussi transmis quelques « mauvaises » habitudes.

« Là, on ne touche pas. »

« Les toiles sont protégées par des détecteurs de mouvements. »

« Tsss. Regarde cette caméra. Elle a au moins vingt ans. Je suis sûr que le poste de sécurité sert de placard à balais. »

« T'as repéré la trappe ? Elle donne sur l'entre murs. »

« D'ici, on peut atteindre la salle des joyaux de la Couronne. »

« En descendant par cette verrière ? Jouable. »

Du coup, maintenant, j'apprécie la beauté des œuvres tout en évaluant la façon dont elles sont protégées. Et je ne m'attaquerai pas au Prado. Ou plus tard. Si je deviens pro. Lorsque mon nom fera trembler Europol.

Nous roulons vers un camping au sud de Madrid. Octave conduit même s'il est vanné. Je lui fais la conversation pour le maintenir éveillé. À force de bâiller, sa mâchoire va se décrocher, il se prendra les pieds dedans, elle se coincera sous une pédale et on aura un accident.

– Tu sais ce que j'aime avec les musées ? Les vols y sont ultrarapides. Un peu comme dans les bijouteries. Les breloques, les colliers, les montres ont quelque chose de vulgaire. Alors que les toiles de maître... (À mon tour d'étaler ma science.) Février 2008. Zurich. Un Cézanne, un Van Gogh, un Monet, un Degas. Butin : cent douze millions d'euros. Durée de l'opération : trois minutes. 1990. Boston. Musée Isabella Stewart Gardner. Un Degas encore et Manet, Rembrandt, Vermeer. Là, ils mettent plus d'une heure. Mais ils embarquent pour trois cents millions de dollars de chefs-d'œuvre. Août 2004. Musée Munch d'Oslo. Deux tableaux dont *Le Cri* embarqués devant tout le monde. Cinquante secondes montre en main.

– Voler c'est mal.

– T'as été faire un tour au British Museum ? Les marbres du Parthénon, ils ont été offerts aux Anglais par les Grecs qui les trouvaient moches d'après toi ? Et les momies, tu ne crois pas qu'elles seraient mieux dans leurs tombeaux ?

Ce genre de polémique est un peu stérile. L'homme vole depuis qu'il maîtrise le feu et qu'il est allé piquer de la braise dans la grotte d'à côté. Mais j'aime bien discuter avec Octave. Surtout quand il est sur les rotules.

Le bougre a de la ressource. Il m'aiguille sur un sujet que j'aurais préféré éviter.

– Comment se sont passées les dernières semaines ? Séraphin a été cool ?

– Cool. Cool. Cool.

Je teste le mot avec des voix différentes : de gorge, de nez et normale. Aucune ne s'applique aux dernières semaines.

– Toujours futur paléontologue à Las Vegas ?

Je souris.

– C'est devenu son choix numéro deux.

– Ah ouais ? Quel est le numéro un ?

– Savant fou. Il conserve ses crottes de nez. Il les laisse sécher, il enlève les cheveux de ses Playmobil et il leur fabrique des cerveaux.

– Il ira loin.

– Tu m'étonnes.

Séraphin me manque. Je croyais cela impossible. Je jette, comme on jette sa ligne dans une rivière :

– Parle-moi des douze.

– Non.

Ce « non » octavien me fait l'effet d'une gifle.

– T'as bien leur signe de reconnaissance sur le bras ?

– Oui.

– Donc tu les connais.

– La plupart.

– Eux aussi cherchent la clé de Héron ?

Il me regarde comme si j'étais redevenue grenouille. Le babil du speaker espagnol à la radio, ahurissant de vitesse, nous accompagne sur un bon kilomètre avant que je mette les choses au clair. Marre des faux-fuyants.

– Tu veux récupérer la clé pour rattraper le coup, moi pour sauver mon père. Qu'est-ce qu'on fera si on la trouve ?

– On avisera, propose Octave.

Ouais. Comme ces malfrats qui se tiennent les coudes des semaines durant, le temps de creuser le tunnel jusqu'à la salle des coffres et qui s'entre-déchirent une fois en possession du magot. Nos positions sont irréconciliables. « On avisera. » Tu parles Charles.

Considère-t-il mon silence comme un accord tacite ? Enhardi par ce cessez-le-feu, il aborde sans le savoir un sujet ultra-miné.

– Tes parents sont séparés ?

– Séparés ?

– Tu ne dis jamais rien sur ta mère.

– Ma mère est morte quand j'avais dix ans. On sort à la prochaine.

Nous, êtres humains, sommes des animaux. Nous dégageons des odeurs. De peur. De séduction. Des odeurs parfois tellement subtiles qu'on les sent sans en avoir conscience.

Quelle odeur dégage Octave à l'instant présent ? Celle de la honte.

Je lui ai cloué le bec. Merci maman. Gentil de ta part de me filer un coup de main.

Cordoue

J -179

Ave Rroës !

Ceux qui t'ont étudié te saluent !

Il faut compter cinq heures de Vévé entre Madrid et Cordoue. Nous les avons mises à profit pour nous renseigner sur Averroès qui a, je vous le rappelle, enfermé un rayon de soleil sous un pilier de la mosquée cordouane. Nous ne savons pas quel lien il entretient avec Héron d'Alexandrie. Mais nous cherchons, grâce à ma connexion internet ultra-performante, alors que les kilomètres défilent.

– Va sur Gallica, me conseille Octave, impérial au volant. Le site de la Bibliothèque nationale.

– Oui patron. Bien patron.

Je lance une recherche sur Averroès et télécharge une dizaine de bouquins dont je fouille les tables des matières pour en tirer ce que je considère comme des informations pertinentes.

Puis je fais mon rapport.

– Averroès a vécu dans la seconde moitié du XIIe siècle. C'était un intellectuel arabe.

– Les Arabes avaient récupéré l'héritage des penseurs grecs et romains, me coupe Octave. Ils occupaient la moitié sud de l'Espagne. Leur civilisation était brillante. Il n'y a qu'à comparer Séville et Paris à la même époque pour préférer Séville, je t'assure.

Mon chauffeur est en thèse. S'il la soutient avec brio, il aura une belle plaque avec *Docteur* marqué dessus. Il se la pète donc un minimum.

– T'as besoin de moi, t'es sûr ?

Je m'apprête à remettre la radio. Le tube de l'été est particulièrement crétin cette année.

– Continue.

– Le boss d'Averroès s'appelait Aristote, un grand penseur grec. Je dis grand, je sais pas. Mais, avec Platon, il catchait sévère sur le terrain de la matière grise. Averroès a étudié les écrits d'Aristote. Surtout, il les a commentés.

Je vous colle un extrait de bouquin que je trouve au poil :

« *Il s'attacha d'une manière toute particulière à l'étude d'Ariftote & il en commenta les ouvrages avec tant d'habileté & de fubtilité qu'on le nomma le Commentateur.* »

J'aime bien cette façon ancienne de rédiger où les S sont des F. On dirait que l'auteur a un feveu… cheveu sur la langue. Et puis, f'est plein d'efperluettes qui pimentent le réfit.

Désolée pour les jeux de mots et les termes compliqués. Le soleil tape et mon cerveau bouillonne.
– Le Commentateur, rappelle Octave.
– Effaceurs, Nettoyeurs, Régulateurs ! je gronde. *Beware ! Averroès is back in Ze Commentateur two.* Et il n'est pas content.
Mon thésard soupire. Je redeviens sérieuse. Enfin, j'essaie.
– Averroès touchait sa bille en mathématiques, en physique, en médecine, en droit. Une bête. Ses idées ont été étudiées dans les universités européennes pendant des siècles.
– Rien sur l'Ananké ?
– Non patron. Mais il avait un dada qui nous concerne : le mouvement.
– Le mouvement ?
– Il s'est pris le chou pour savoir si la huitième orbite de la terre appartenait à Saturne, si le corps était contenant ou contenu, si le mouvement supposait le repos.
– Qui dit mouvement dit temps.
– Tu l'as dit bouffi. Averroès-Héron d'Alexandrie : même combat ? (Je sonne une cloche invisible.) Ding ! Il a aussi gambergé sur les rapports entre l'esprit et la matière. Il les jugeait étroits. Surtout en tant que médecin.
– On a plus de chances d'être malade quand on est malheureux.
– T'as raison Gaston. Quand Séraphin m'énerve, je lui colle une claque et après, il pleure. Donc il est malheureux et il a mal.

Je ne ferai peut-être pas une bonne chercheuse en université, mais là, on arrive à Cordoue. On va poser la Vagabonde au camping puis on sautera dans un bus pour voir ce que notre destination mystérieuse nous cache encore.

La mosquée de Cordoue est la seconde au monde après celle de La Mecque question taille. Elle est tellement grande, d'ailleurs, que les chrétiens, après avoir chassé les musulmans, ont eu assez de place pour édifier une cathédrale à l'intérieur.

Octave, caché derrière ses lunettes noires, étudie le ballet des locaux et des touristes devant l'entrée.

– Qu'est-ce qu'on attend ?

Octave continue à scruter la place. Je gronde comme un chien enragé.

– Je vais voir si ce premier pilier à gauche a quelque chose à nous apprendre.

– Je viens.

Il me suit, en retrait, vigilant. Il ne supporte pas la chaleur ou quoi ?

Nous nous présentons au guichet, achetons nos entrées, pénétrons dans la mosquée cathédrale. L'intérieur est dissimulé par une lourde tenture. Mais, juste devant, il y a un premier pilier. À gauche. En pierre noire.

« Averroès a enterré un rayon de soleil sous le premier pilier de gauche du sanctuaire du Koran, dans la grande mahomerie de Cordoue. »

Dixit Victor.

Je contourne le pilier. Un rayon de soleil sous le pilier… *Sous* le pilier ?! Et comment on fait pour le voir ? On ne va pas soulever la mosquée ?

Le pilier est muet. Aucune inscription ou fragment de pierre brillante enchâssé dans la pierre. Je m'accroupis pour en étudier la base.

– Victor Hugo s'est payé notre tête.

Octave cherche lui aussi.

– Il a pu se tromper de pilier.

– D'accord. Nous n'avons pas parcouru mille deux cents bornes pour des prunes. Jetons un coup d'œil à l'intérieur.

Nous écartons la tenture et nous immobilisons, le souffle coupé.

Je comprends qu'ils aient eu la place d'y caser une cathédrale. Les allées qui constituent la nef s'élancent dans toutes les directions. Et y a des piliers partout.

Le buzz

J –177

Soit une mosquée cathédrale soutenue par une forêt de huit cent cinquante-six colonnes. Partant du principe que l'inspection de chaque colonne demande une minute et trente secondes, que la mosquée de Cordoue est ouverte de dix à dix-neuf heures, combien de jours nous a-t-il fallu pour relever ce challenge ?

Réponse : deux. Et bien remplis.

Deux jours à tourner autour de ces satanés fûts de granit. Deux nuits à rêver d'architectures constituées d'empilements de fûts de granit. Deux jours et deux nuits à manger du granit.

La mosquée vient de fermer. Je suis assise sur les marches d'un vieil immeuble. Nous sommes bredouilles.

Pas un signe. Pas un mot. Pas un rayon de soleil. Je hais Victor Hugo.

La prochaine fois, que vont m'envoyer les ravisseurs ? Un second message audio ? Une vidéo ? Une tête dans un carton à chapeau ?

Je frissonne à cette idée. Tu n'es pas dans un film, Billie Bird. Et si c'est le cas, le happy end est de plus en plus compromis.

– C'est foutu.

Octave s'assied à côté de moi et me pousse de l'épaule.

– Tout n'est pas perdu. La mosquée a été transformée depuis sa construction. Il se peut que des éléments aient été inclus dans d'autres bâtiments. J'ai pris rendez-vous avec un guide, dans une heure.

– Ouah. Super. Il va nous filer la soluce ! Tant que tu y es, demande-lui les coordonnées de la cache des ravisseurs. Nous gagnerons un temps précieux.

Je suis injuste. Je le sais. Je m'en veux. Et cela me rend encore plus injuste. Je ressasse mentalement cette spirale infernale. Du coup, je ne vois rien venir.

Octave m'attrape par les épaules et colle ses lèvres contre les miennes.

Attention ! Tarte à la crème stylistique ! Le temps s'est arrêté. Vraiment. Pendant ces quelques secondes, je n'ai pas respiré, pas pensé, pas vieilli. Je me suis juste laissé emporter… avant qu'il s'écarte, me prenne par la main et me tire derrière la statue équestre. Je ne marche pas, je flotte. Je suis ivre.

Tenez-vous bien, penseurs dont le nom commence par un A. Le temps reprend sa course folle. Billie Bird redescend sur Terre. Et elle se révolte, cette andouille.

– Te gêne pas ?!

Alors qu'à l'intérieur, je suis un loukoum farci à la guimauve.

Où est la fille toute d'angles et de coins ?

Où est la méfiance ?

Refoulée.

Ailleurs.

Octave se fiche complètement de l'état dans lequel son baiser m'a plongée. Il me montre un type dans la foule. Il nous a frôlés alors qu'on s'embrassait.

L'homme en costume blanc et panama regarde autour de lui. On dirait qu'il cherche quelqu'un. Il est aussi vieux que mon papy de la Sorbonne. Les fanons de son cou lui donnent un air de marabout. Nous nous glissons derrière un cheval accroché à une calèche. Je pose une main sur son flanc pour me rassurer.

– Qui c'est ?

– Un des douze, me glisse Octave.

S'il tourne la tête vers nous, je reprends le baiser où on l'a laissé. Hélas, l'inconnu en blanc s'éloigne vers la mosquée.

– Français ? nous interpelle l'homme à qui appartient la calèche, depuis son banc. Tour romantique de Cordoue ?

Je ne suis pas contre mais Octave nous entraîne loin de la mosquée comme si un feu de savane nous talonnait.

Nous sommes revenus au camping. Des gens s'amusent dans la piscine. D'autres boivent de la sangria en mangeant des tapas. Occupations habituelles dans ce genre de circonstances. De loin, autour de cette table, nous devons paraître graves.

Pas un mot au sujet du baiser. Et je ne m'abaisserai pas à lui demander s'il m'a embrassée uniquement pour se cacher du vieillard. Je fais comme si de rien n'était. Mais à l'intérieur je suis sens dessus dessous.

Manquerait plus que je tombe amoureuse… De ce mec-là en plus. Les hormones, vous vous calmez. Merci.

– Son nom est Selo.

Selo. Après Christiensen de la Sorbonne et Octave de je ne sais où, j'en connais trois sur douze. Je deviens une intime.

– Il est ici pour la clé de Héron ?

– M'étonnerait qu'il soit en vacances, grogne Octave.

– Au moins, ça prouve que nous sommes sur la bonne piste. Ou que nous sommes tous sur une mauvaise piste. En tout cas, on suit la même piste.

Voir Selo a retourné Octave. Il en est à sa seconde bière. À moins que…

Non ! Je ne lui prendrai pas la main !!! Je cache mon âme derrière mes lunettes noires et essaie de me mettre à sa place.

Voilà un exercice intéressant auquel je ne suis jamais arrivée : me projeter à la place de l'autre. Mon tempérament individualiste me l'interdit sûrement.

– Ce n’est pas toi qui lui as filé le tuyau de Victor Hugo, au moins ?!

J’ai exprimé cette théorie avec naïveté. Un peu comme si je demandais à un poissonnier si son poisson est frais. En plus, ce tuyau, jusqu’à présent, est plutôt pourri.

– Qui sait ? me répond Octave avec un sourire oblique.

Je réfléchis. S’ils étaient de mèche, ils se seraient rencontrés hors Billie. Ou alors j’ai affaire à des types tordus adeptes du cache-cache.

– La recherche de la clé a été précipitée par la perte du pli, continue Octave. Je me doutais que les douze ne resteraient pas les bras croisés. Et je te rappelle qu’ils m’ont viré. Si Selo me repère…

– S’il te repère…

J’imagine des trucs horribles. Un froid impossible dans cet endroit début juillet m’envahit. Assez de hurlements. Je resserre les pans de mon manteau de cuir vert que je m’obstine à porter au moins une fois par jour en dépit de la chaleur. Sans cet accessoire, Billie Bird n’existerait pas.

Octave consulte sa montre.

– Je vais rencontrer ce guide. Je reviens juste après.

Il finit sa bière d’un trait, hésite à dire quelque chose. Je retire mes lunettes de soleil et le regarde franchement. Dans mes yeux, je suis nue. S’il m’embrasse à nouveau, là, maintenant…

– Pour le baiser…

– …

– Je m'excuse.
– Yapadmal, je lâche dans un souffle.
– C'était juste pour…
– Je m'en doute.
Il pousse un soupir de soulagement.
– À tout à l'heure.
Et il s'en va.
Je le maudis, mais il est trop loin pour m'entendre.

Je suis vénère. Et quand je suis vénère, je fais quoi ? Je m'enferme. Je m'isole. Je cloisonne. Comme un bernard-l'ermite. Alors… Je ferme la porte du Vévé derrière moi. Schklack. Je mets les occultants. Clac. Clac. Clac. Et je hurle. Pas trop fort. Mon cri intérieur est particulièrement puissant.

Après, je me sens mieux. Je reprends contact avec le monde. Je me connecte à Internet.

Internet est apaisant, comme un restaurant rapide pour Séraphin. C'est un cocon d'habitudes, un chez soi d'un peu partout, une bulle.

Je pourrais y avoir des amis. Des tonnes. Mais je n'en ai pas parce que je n'en veux pas. Je vais quand même sur le site des voleurs. Histoire de.

Pas de message de Dracula. Aucune raison qu'il m'écrive. Il a déjà joué les intermédiaires.

Et si je m'assurais que Séraphin a bien mis un terme à son expérience Facebook ? Problème : je ne connais pas son pseudo. Raisonnons… et tapons : Métabolik-Pokémon-Vagabonde comme mots-clés dans le réseau social. Un résultat : la page de Vagabounda. La photo floue (un nez ? un genou ? autre chose ?) pourrait appartenir à n'importe quel petit frère de cette planète.

Je vais sur la page. Le profil s'affiche. Garçon. Huit ans. Film préféré : *Métabolik contre les démons*. Yes ! Son compte est toujours activé. Un point en moins pour Séraphin. Combien d'amis a-t-il ?

– Hein ?

Treize mille quatre cents ? Il est vachement célèbre ! Les voleurs n'aiment pas la célébrité. Qu'est-ce qu'il a fait pour avoir autant de copains virtuels ?

La réponse consiste en une vidéo postée depuis la page Facebook de Séraphin. Elle est visible sur YouTube. D'un coup d'œil, je repère le nombre de fois où elle a été vue.

– HEIN ?

Plus d'un million d'internautes ont regardé « *Bip Bip* » ? Je crains le pire. Je lance la vidéo.

Sémiramis, la chatte siamoise du grand-père, appuie sur le klaxon de la dodoche qui ne fait pas bip-bip mais reuh-reuh. Séraphin est au volant en mode play-back. Joe Dassin se charge de la bande-son, voix et guitare.

« *À cette heure-ci c'est toujours la même chose. On n'avance plus. Les gens se bousculent. Tiens, encore un rendez-vous de raté. Enfin, c'est pas grave. Il fait beau. Et, le principal, c'est de ne jamais s'énerver. Du calme. Du calme.* »

Du calme. Il en a de bonnes, le Joe. Je suis loin d'être calme.

On voit la dodoche rouler en rase campagne. Qui filme ? Le grand-père ? Et qui conduit ?

« *J'ai rendez-vous ce soir avec la fille de mon patron, elle fume le cigare, elle a des tout p'tits yeux tout ronds, si je suis en retard, c'est toujours ça de gagné. Y a du soleil bip bip…* »

Sémiramis klaxonne deux fois : Reuh, reuh.

« *Oh vraiment je ne suis pas pressé. Oubidimbidimbidimboudé.* »

Le clip continue. Joe Dassin chante *Bip Bip*. Séraphin conduit. Le chat klaxonne. J'en reste sans voix. La chanson s'achève sur : « *Bye, bye. Bye… Ciao bambino. Arrivederci ! On se reverra, hein ? Quand ça ? Quand ça ?* » Puis l'écran noir.

Je pianote comme une folle. Bip Bip-Vagabounda. Les réponses s'affichent en pagaille. « Trop de la balle qui tue, le chat qui klaxonne. », « Le buzz de la semaine. », « Les ayants droit de Joe Dassin vont-ils porter plainte ? »

– Réveillez-moi, j'implore.

Séraphin, le Capitaine et le chat ont posté une vidéo qui, à n'en pas douter, passera bientôt à la télé. Si ce n'est déjà fait.

Comme si cela ne suffisait pas, la réalité rejoint alors la fiction.

– Reuh ! Reuh !

Ce klaxon… Ce bruit de moteur…

Je ne bouge pas dans mon cocon de ténèbres. Je suis en train de rêver, je me répète. Cette fois, je vais me réveiller.

Le moteur s'arrête en toussant. Une portière claque. On toque à la porte du camion.

– Billie !

J'entrouvre mon antre. Mon petit frère est là et bien là. Le Capitaine, derrière son volant, soulève son chapeau défraîchi.

– Salut à toi, voyageuse !

Séraphin saute dans le Vévé et se met à fouiller un peu partout.

– Qu'est-ce que vous faites ici ? Lui. (J'indique le monstre qui a la partie supérieure de son anatomie derrière le canapé et le reste vers le plafond.) Il n'est pas dans un camp d'entraînement pour nains hyperactifs ?

– Changement de programme, m'affranchit simplement le grand-père en sortant de sa dodoche, Sémiramis dans les bras.

– Ne me dis pas qu'elle est venue aussi ?

Je déteste ce chat qui me le rend bien.

– Maouw.

– Je n'allais pas l'abandonner ?

– Et… et… et… c'est quoi cette histoire de clip ?

– T'as vu ? La folie ! Je suis la nouvelle star, baby !

– Comment vous avez su qu'on était dans ce camping ?

Séraphin brandit un boîtier noir qu'il vient de décoincer entre la banquette et le placard où on range les couverts.

– Le bip-bip ! (Il m'agite le boîtier sous le nez.) Vous êtes partis avec. On vous a repérés par satellite. Super efficace.

Le localisateur à grand-père mentalement déficient. Il était resté dans le Vévé. Ils ont fait tout ce chemin pour le récupérer.

Octave juge le moment opportun pour revenir de son rendez-vous. Il a rapporté des melons. Il les lâche et les laisse rouler par terre quand Séraphin saute dans ses bras. Le grand-père l'étudie à nouveau de la tête aux pieds, histoire de s'assurer que le voyage n'a pas transformé mon prince charmant en Barbe-Bleue. Muet, Octave m'interroge du regard.

Le Capitaine annonce :

– Je vous offre un rafraîchissement au bord de la piscine.

– Y a une piscine ?

– Derrière le bar-restaurant, là-bas, indique Octave, toujours serviable.

Séraphin récupère son maillot de bain, se change dans le Vévé et s'élance comme un dératé. Je l'entends hurler *Bip Bip !!!* avant de plonger.

Mon grand-père a conduit jusqu'à Cordoue sans provoquer de carambolage. Séraphin s'est amusé avec son ordi, une caméra numérique que je lui avais achetée (je sais, je suis une grande sœur très généreuse) et un logiciel de montage vidéo.

D'où le clip qu'ils ont fabriqué sur la route en reprenant ce vieux tube de Joe Dassin.

D'où la mise en ligne (je lui avais pourtant interdit de retourner sur Internet).

D'où le clip vu plus d'un million de fois.

J'ai quinze ans. J'ai de la ressource. Mais y a des jours où j'avoue être dépassée par les événements.

Je parviens à sortir Séraphin de l'eau, à lui faire enfiler un tee-shirt et à l'asseoir à table avec nous. Pincez-moi. Nous sommes tous les quatre... enfin cinq si on compte le félin, dans un camping, près de Cordoue. Un serveur prend notre commande avec un sourire étincelant.

– Sangria ! lance le grand-père. Et un jus de pomme pour les mineurs.

Les apéros atterrissent sur la table.

Et les olives.

Et les pains frottés à l'ail et à la tomate.

Et un assortiment de tapas.

– Vous repartez quand ? je demande innocemment aux nouveaux venus.

– Repartir ? s'exclame le grand-père. Hors de question !

– On va vous aider, tiens ! renchérit Séraphin. J'adore les chasses au trésor.

– Surtout que cette chasse a été imaginée par Alphonse, rappelle l'ancêtre.

Je me souviens laborieusement de mon mensonge rochefortain et glisse à Octave que je lui expliquerai plus tard.

– Quant à l'hôtellerie, reprend le Capitaine, je suppose qu'Octave a loué un bungalow ?

Assommé, il ne réagit pas. Je lui donne un coup de coude dans les côtes.

– Mon grand-père te parle du bungalow dans lequel tu dors la nuit.

– Ah oui. Le bungalow.

– Je le partagerai avec lui et Séraphin dormira dans la Vagabonde. (Le Capitaine lève son verre.) *¡ Salud, amor, dinero y fantasia !* (Il goûte sa sangria.) Fameuse. Dommage que votre père nous snobe.

Et vlan, un uppercut à l'estomac pour votre narratrice. Alphonse Bird, ce héros au sourire si doux, je te porte un toast secret. « Je te sauverai, papa, t'en fais pas. »

Pendant que j'affranchis Séraphin et le grand-père sur l'état de non-avancement de notre quête, Octave va discrètement louer un bungalow et transporte ses affaires du Vévé à son futur logement. Lorsqu'il revient, il me confirme que mon honneur est sauf. J'aimerais qu'il le soit un peu moins, mais cela ne dépend pas que de moi.

– Hugo était un romancier scrupuleux, affirme le grand-père. Je ne l'imagine pas roulant son lecteur dans la farine.

– En tout cas, on a étudié toutes les colonnes de la mosquée.

– Pas toutes justement.

Acte II, scène 3. Octave entre en scène et déploie une carte sur la table. L'attention se focalise sur lui.

– J'ai rencontré un spécialiste de Cordoue. Il n'avait pas entendu parler de cette mention à Averroès dans *Notre-Dame de Paris*. Toutefois, de nombreuses légendes tournent autour du philosophe arabe. On le disait aussi alchimiste...

– Comme toute personne cultivée en ces périodes d'obscurantisme, glisse le Capitaine.

Je crois bien que notre thésard a de la concurrence. Eh, eh.

– La mosquée fut agrandie plusieurs fois, remaniée, en partie réutilisée. Un palais a été construit à une dizaine de kilomètres de la ville. La médina Alazara. Des pierres précieuses étaient enchâssées dans les parois de marbre. Il y avait, paraît-il, des fontaines de mercure.

– C'est quoi le mercure ? intervient Séraphin.

– Un métal liquide qui ne mouille pas, je l'informe.

– Trop stylé.

Octave reprend son exposé.

– De la médina, il ne reste que les murs, bruts. Le site, lui, cache une pièce souterraine. Ici. (Octave indique un point sur le plan de la médina.) La salle du pilier... pilier qui daterait de la première mosquée et qui aurait été foudroyé pendant sa construction.

– La foudre, enfant terrible du soleil, marmonne le Capitaine.

– Le site se visite ? je demande.

– En temps normal, oui. Mais en ce moment, il est fermé pour cause de Fiesta de la Medina.

– Kesaco ?

– Une fête monstre qui dure sept jours. Ils en sont au troisième. Le guide était furieux que la municipalité ait loué le site pour l'occasion. C'est la crise et elle a besoin d'argent.

– On pourrait s'y inviter ?

– Les places sont limitées et le service d'ordre est, paraît-il, musclé.

– On ne va pas attendre qu'ils aient fini de s'amuser, je maugrée.

– Pourquoi pas ? rétorque le grand-père. On est bien ici. Hein, Séraphin ?

– Ouaip. Y a un baby-foot.

– Nous ne sommes plus seuls, je les renseigne. Un autre chasseur de trésors est arrivé à Cordoue.

– Peste, jure le grand-père. Un adversaire. Comment a-t-il eu vent de notre quête ?

– On n'en sait rien mais il est du genre coriace, précise Octave.

– En ce cas, vous avez raison. Il faut le prendre de vitesse. (Le Capitaine lève son verre et déclame :) Ils se rendirent sur ces ruines sans âge, graves comme Marius lorsqu'il visita Carthage. Nous irons jeter un coup d'œil à la médina dès la nuit tombée.

J'insiste pour qu'Octave conduise la dodoche. Le grand-père se cale à l'avant, Sémiramis sur les genoux. À l'arrière avec Séraphin, la capote de la voiture ouverte, les étoiles en guise de plafond, nous traversons la campagne andalouse. Le site de la médina est visible et audible de loin. Des filaments lumineux tournoient dans le ciel de nuit. Le boum-boum du son techno paraît incongru dans ce milieu de nulle part.

Un checkpoint a été dressé à près de deux kilomètres du site. Deux balèzes surgissent dans nos phares. L'échange que nous avons avec eux est courtois mais ferme. Route coupée. Soirée privée. Désolés. Bonne nuit messieurs dames. Nous retournons au camping.

– Fallait s'y attendre, grogne Octave.

– On s'invitera dans cette soirée bling-bling. D'une manière ou d'une autre.

– Quel est ton plan ? s'informe mon grand-père.

Je réponds le plus sérieusement du monde :

– Je vais me fabriquer une fausse invitation au nom de Marie-Adélaïde de la Chose-Molle qui vient s'éclater à Cordoue entre une compète de bobsleigh à Davos et un stage de kitesurf à Ibiza.

– Stop ! ordonne le Capitaine.

Octave pile. Nous faisons les Culbutos dans la voiture.

– Le mensonge est un traquenard, ma petite fille. Mens une fois et tu seras obligée de mentir mille fois. Ton mensonge se retournera fatalement contre toi.

Séraphin me fait le signe « Haché ». Octave n'en mène pas large non plus. Je me demande si je ne préférais pas le grand-père fabriquant des colliers avec des croquettes pour chat. Celui d'avant. Un peu timbré.

Nous reprenons notre route dans un silence de mort.

Octave et le grand-père sont installés dans le bungalow. Je suis allongée à l'étage inférieur de la Vagabonde. Pour changer, le sommeil me fuit. Si on pouvait mettre le cerveau en position off, de temps en temps… Séraphin s'agite dans son hamac et secoue le camion.

– Arrête de bouger.

– J'arrive pas à dormir.

– Compte les moutons.

Il arrête de bouger mais il ne compte pas les moutons.

– Billie ?

– Quoi ?

– Je suis content d'être avec toi.

Je soupire.

– Moi aussi. Dors.

– Billie ?

Je resoupire.

– T'as fait le sexe avec Octave ?

Mon juron doit s'entendre dans tout le camping et au-delà. En tout cas, après, Séraphin se tait.

La fiesta

J -176

Ô Capitaine, mon Capitaine, ne pas mentir. Tu en as de bonnes. Octave et moi avons cherché un moyen de squatter la Fiesta de la Medina. Sans mentir. Comme pour les concerts, certains vendent leur entrée dix fois plus cher qu'ils l'ont payée. À l'origine, la soirée était facturée mille euros. Je vous laisse calculer.

Les dix mille euros je les ai. J'ai même caché le double dans le Vévé. Pour les vacances, j'aime voir large. Mais mon grand-père, ancien fonctionnaire, a décrété pendant le déjeuner :

– Hors de question de débourser une somme pareille. Ce serait totalement indécent.

Alors je jette provisoirement l'éponge et enchaîne des longueurs de piscine. Je mets aussi une tôle à Octave au baby-foot.

Les heures filent. Les ombres s'allongent. Comme le Capitaine, sur une chaise longue, qui lit Ovide. J'appelle Séraphin dans l'eau depuis deux heures. Il rapplique, mignon, hilare, la peau déjà dorée.

– Tu me fais le doigt de la mort ?

– Le quoi ?

– Le bazounga.

Mot magique auquel je ne résiste pas.

– Mmmm. Le bazounga. (Je lui plante mon index dans le cou.) Pas là. (Dans le creux de la clavicule.) Non plus. Ah, je me souviens.

Je lui enfonce mon doigt entre les côtes, à un point précis que je vous déconseille de chatouiller. Séraphin s'effondre et se roule à mes pieds en appelant à l'aide. J'arrête avant que la police débarque. Il se redresse.

– Encore.

– Non.

Il mime les yeux du chat dans Shrek.

– Je peux aller sur Internet ?

Je le lui ai re-interdit à son arrivée au camping et je ne céderai pas.

– J'ai une idée pour rentrer dans la fête.

Tous aux abris, Séraphin a une idée.

Je lui prête mon ordi (sa tablette numérique est sous clé dans le Vévé) et le connecte. Il se met à pianoter à deux doigts et à toute vitesse. Octave l'observe. Je déplace ma chaise en plastique pour vérifier ce qu'il trafique.

– T'es encore sur Facebook ?

Je prends le temps de lire son message avant de récupérer la machine. Il y a une faute à chaque mot mais je comprends l'esprit de sa prose. Et vu son nombre d'amis...

– Dégage minus.

Je recompose le message dans un français correct et confie l'ordi à Octave pour qu'il le traduise en anglais. Avant que Séraphin l'envoie par la poste, je lui promets, les yeux dans les yeux :

– Je te préviens Buzzman, que ton stratagème fonctionne ou non, on ferme ta page Facebook dès demain.

Il ouvre la bouche sur un cri de révolte.

– Imagine que Kolpaki se soit inscrit comme ami. Grâce à ta page, il pourrait te suivre à la trace.

Cette possibilité m'a effleurée dans la matinée. Depuis, elle me hante. Et elle a le même effet sur mon petit frère. Il n'a aucune envie de recroiser le chemin de l'Ukrainien.

– D'accord.

Alors que le message atterrit dans des milliers de boîtes mails, Séraphin parvient à traîner Octave à la balançoire. Moi, je reste là, à surveiller sa page.

– Tu sais quel châtiment a subi la fille de Nisus pour avoir coupé le cheveu de pourpre qui protégeait son père ? me lance le grand-père depuis sa chaise longue.

– Quel jour sommes-nous ? je l'interroge.

– J'ai toute ma tête et je te parle des *Métamorphoses* d'Ovide, béotienne.

Les commentaires en réponse au message de Séraphin tombent déjà. J'ai du mal à les lire tellement ils sont nombreux.

– Elle a été transformée en aigrette et son père en épervier. Depuis il la traque sans relâche.

– Pas cool. (J'ajoute :) J'y crois pas.

– C'est écrit noir sur blanc, insiste le Capitaine.

Octave et Séraphin reviennent de la balançoire. Je leur montre une des réponses que Séraphin dit Vagabounda a reçues.

– J'suis trop fort ! s'exclame le nain. (Il saute sur la table et nous offre une démonstration de *moonwalk*.) Yes, baby ! C'est moi la star ! Bip bip yeah !!!

J'attrape le quart de dieu par le slip et le ramène à notre niveau. Le grand-père vient aux nouvelles. On le met au parfum.

– Tu vois ? Sans mentir ni payer. Tu nous prêteras la dodoche ?

– Je vous attendrai ici avec Ovide et Sémiramis. Ces fantaisies ne sont pas de nos âges.

Je pensais être blindée mais les choses ne s'arrêtent pas là. Deux adolescentes en bikini s'approchent de nous… enfin, de Séraphin, qui est tétanisé. Elles sont hollandaises. Elles nous font comprendre par gestes qu'elles aimeraient un autographe. La star du Net prend les bouts de papier qu'on lui tend et dessine sur chacun un renard.

L'air satisfait qu'il arbore après ce moment de célébrité achève de me convaincre. Je ne veux pas d'un Justin Bieber à la maison.

Depuis que le monde est monde, il y a des dominants et des dominés, des opportunistes et des losers, des bourreaux et des victimes.

Je n'ai rien contre les riches. Ils font a priori tourner l'économie. Mais il y a des limites à respecter. Et les gogos qui s'éclatent sur le site historique sont dans le grand n'importe quoi. Un mois de SMIC la soirée ? Attendons-nous au pire.

Les molosses du checkpoint nous laissent passer avec le sourire. L'ami de l'ami de l'ami de l'ami de Séraphin qui l'a invité après avoir appris qu'il était dans le coin (grâce à notre message bilingue via Facebook) est l'organisateur de cet « événement culturel ». Il nous accueille au bout du chemin.

Le boum-boum est plus frénétique que la veille. Les faisceaux lumineux sont plus excités aussi.

Octave conduit. Je suis assise à l'avant. Séraphin, à l'arrière, a un peu le trac.

– Ne vous inquiétez pas, je les rassure. On ne va voler personne.

Octave stoppe devant l'entrée de la médina. Un énergumène en costard blanc marche vers nous en dansant et en claquant des doigts. D'ailleurs tout le monde est en blanc. Sauf nous. On s'extirpe de la dodoche. Nos trois portières claquent en même temps. Nous allons à sa rencontre. Ce sont ses vrais cheveux ou il porte une moumoute ?

– Saluuuuuuut ! Je suis Bruuuuce. (Il secoue les mains de Séraphin dans les siennes.) Bip Bip ! Géniaaaal !!! (Son regard glisse sur nous.) Et le papy ? Et le minou ?

– Ailleurs.

S'il me demande qui je suis, je suis censée répondre : l'agent de Vagabounda. Si ça lui défrise la moumoute, je lui colle un bourre-pif. Mais il m'ignore.

– *No problemo.* On a le morceau du grand Joe. Vous êtes le chauffeur ? lance-t-il à Octave. Vous monterez sur scène par cette rampe dans… un quart d'heure. Ils vont être foufoufous ! D'ici là, enjoy !!!

Bruuuuce s'éloigne en se dandinant et en claquant des doigts. Octave et Séraphin affichent des mines pathétiques.

– Billie, s'il te plaît, dépêche-toi, implore Octave.

Je rentre dans la médina sans perdre une seule seconde.

La transition est brutale. Un espace immense entouré de portiques en ruines a été transformé en dance-floor. Il y a des bars sur les côtés et des effets lumineux ahurissants. Un DJ œuvre depuis une nacelle accrochée à une grue. Combien sont-ils à se trémousser, un verre à la main, une cigarette dans l'autre ? Tous sont en blanc. Super esprit d'indépendance !

D'après le plan d'Octave, la salle du pilier se cache au bout de cette boîte de nuit à l'air libre, vers la droite. Je longe la foule par la frange.

Le DJ baisse sa musique et lance en anglais (je vous traduis) :

– Est-ce que c'est la crise à la Fiesta de la Medina ?

– Non !!!

– On dit quoi à la crise ?

– F*** la crise !!!

Et les richards de hurler en brandissant des bouteilles de champagne à deux cents euros. Sortir de ce cauchemar. Vite. Le premier dance-floor en cache un second plongé dans une ambiance radioactive grâce à des effets de lumière noire.

– Pardon. Pardon. Pardon.

Et toujours des bars, de la fumée, des rires hystériques.

Je suis un couloir ouvrant sur des alcôves et débouche sur un espace où la foule est clairsemée. Forcément, au bout de cinq minutes, le stroboscope fait mal au crâne.

Suis-je allée trop loin ? Je déplie mon plan, repère un arc à plusieurs lobes comme dans la mosquée de Cordoue de l'autre côté. Je traverse la piste de danse en diagonale.

Averroès et Aristote auraient été super intéressés par la lumière stroboscopique, eux qui étaient obsédés par le mouvement. La succession de flashs donne l'impression d'évoluer dans un dessin animé en noir et blanc. Une image chasse l'autre. Une fille, juste devant moi, disparaît d'un coup. J'évite un timbré qui virevolte comme un derviche. Ce mouvement m'amène à regarder derrière moi.

Et je le vois.

Un des tueurs de Kolpaki.

L'armoire à glace glisse la main à l'intérieur de sa veste.

Je quitte la niche stroboscopique et me réfugie derrière un groupe électrogène qui pue l'essence. Plus de tueur. J'ai rêvé ou quoi ?

Tu fonces à la salle du pilier et tu dégages.

L'entrée de la salle est juste à côté. Des marches ont été taillées dans la roche. J'allume mon téléphone portable et descends l'escalier courbe à la lueur de l'écran.

La salle est petite et octogonale, basse de plafond. Un pilier de pierre noire fendu sur toute sa longueur est couché sur le sol. Le moment de vérité est arrivé. Je tourne autour du pilier. Saint Indiana, patron des aventuriers, envoie-moi un signe !

Le pilier ne cache aucun objet. Il est brut, statique, vierge de toute protubérance.

Je m'intéresse à une extrémité puis à l'autre qui présente un motif. Circulaire. On dirait un serpent qui se mord la queue.

Les bras m'en tombent. Le premier indice nous a menés à un second. La clé de Héron n'est pas ici.

J'immortalise quand même le bas-relief avec mon téléphone.

Je remonte les marches et tombe sur une porte close. Je l'ai franchie deux minutes plus tôt. Les panneaux étaient poussés contre la paroi. Je tire. Ils me résistent. Piégée !

Le tueur. C'est lui qui m'a enfermée. Je n'ai pas rêvé.

Derrière la porte, loin, j'entends le DJ annoncer *Bip Bip*, la foule hurler sa joie, Joe Dassin commencer à chanter. Séraphin ! Quand il aura fini son numéro, les hommes de Kolpaki ne feront qu'une bouchée d'Octave et ils enlèveront mon petit frère pour le livrer à l'Ukrainien.

– Non !!!

Je me jette contre la porte. J'appelle. Je crie. J'entends les gens chanter :

« *Elle est désemparée, qu'elle est belle sous la flotte. Je vais aller l'aider à remettre sa capote.* »

– Aidez-moi ! Au secours !!!

Je renifle... et m'agenouille. L'odeur de CO_2 me fait reculer d'un coup. Le tuyau d'échappement du groupe électrogène... Il a été collé sous la porte. Je vais mourir asphyxiée.

« *Et voilà le feu vert qui vient de se rallumer.* »

Je glisse mes doigts dans l'interstice entre la porte et la pierre et tire comme une damnée voulant s'enfuir de l'enfer. Je tousse sans pouvoir m'arrêter. Le téléphone ! Je compose le numéro d'Octave.

« *Je passe la première et chacun de son côté.* »

Ma vision se brouille. J'inhale le poison malgré moi. J'ai l'estomac au bord des lèvres.

« *D'un signe de la main, au revoir et à demain.* »

Mes jambes fléchissent. Je m'écroule. Le téléphone glisse sur la pierre. Je m'efforce de l'atteindre. Le numéro d'Octave est affiché. Je l'appelle. Répondeur.

« *Ouais, ouais, ça va. Il fera soleil. Bip Bip. Bye, bye. Bye...* »

Le cauchemar

J –175

La boutique de Maxence est telle que dans la réalité, bric-à-brac de pièces d'art forain : le prétendu homme des neiges empaillé qui servait de phénomène à la foire du Trône, une femme tronc en papier mâché posée sur une boîte de magicien, le confessionnal diabolique ; un film muet, projeté sur un rideau, montre un personnage qui dévale un escalier sans fin.

Une musique de jazz provient du fond de l'atelier. Discordante. Rien à voir avec Joe Dassin dont je ne pourrai plus entendre la voix sans frémir.

Joe Dassin. *Bip Bip*. Séraphin !

J'essaie de me réveiller. Le sentiment d'urgence envoie des ordres à mon cerveau. Sors de cette cave où tu étouffes pour aller le sauver !

Où j'étouff… ais ? Et si j'étais morte ?

Il y a des questions qu'il vaut mieux éviter de se poser.

Un rideau grenat se dresse devant moi. Je le franchis.

Maxence me tourne le dos. Il chantonne en écoutant la radio. Je l'appelle.

– Tonton Max !

Il ne se retourne pas. Je m'approche à pas comptés. J'entends sa main de fer qui cliquette. Un panache de fumée et l'odeur de métal chauffé m'apprennent qu'il soude quelque chose.

– Chez tout automate, l'élément fragile est l'articulation, édicte le bricoleur. Les mécanismes intérieurs sont toujours réparables. Les clés se remplacent. La coque se rénove tous les sept ans. Quant aux articulations…

Je le revois exécutant son numéro d'escamotage devant les magiciens. J'aimerais m'escamoter à mon tour.

Deux bras et deux jambes sont posés sur la table. Un torse est appuyé contre. Maxence travaille sur la tête de l'automate. Il porte des lunettes grossissantes et farfouille dans la bouche comme un dentiste traitant une carie particulièrement vicieuse.

– Une fois que j'aurai arrangé ces mâchoires…

Il. Lui. Cette tignasse blonde. Séraphin.

Mon petit frère gît en pièces détachées sur l'établi. L'horreur… L'horreur absolue me saisit. Je me débats pour me réveiller. Mais une nouvelle apparition me retient.

Ma mère sort de l'ombre. Elle est aussi belle que dans mon souvenir. Elle porte mon manteau de cuir vert. Enfin, son manteau qu'elle m'a légué. Elle met sa main sur l'épaule de Maxence.

– Répare bien ces mâchoires, conseille-t-elle. Qu'il mange ses cinq fruits et légumes par jour.

Elle se penche vers le meilleur ami de papa et l'embrasse à pleine bouche.

Un coup de klaxon me réveille. Je reviens au réel comme on rate une marche d'escalier.

– Eh ! Calme-toi !

Je constate que :

1/ Je suis sur le siège avant du Vévé.

2/ Il fait grand jour.

3/ Octave conduit.

4/ Nous traversons une vaste plaine par une voie rapide surélevée qui nous montre la mer, à droite.

5/ La dodoche du grand-père roule devant nous.

– Calme-toi, répète Octave.

– JE SUIS CALME !!!

Je laisse passer une minute puis me lève pour m'asperger le visage. Je me rassois.

– Où est Séraphin ?

– Dans la deux chevaux. T'inquiète. Il va bien.

Qui que tu sois, protecteur des petits frères, sois remercié.

– Où sommes-nous ?

– À cent kilomètres de Valence. Nous avons quitté Cordoue il y a quatre heures, à l'aube.

– Pourquoi ?

– Le bas-relief sur le pilier, je l'ai montré au Capitaine. Il a dit que notre deuxième étape serait Barcelone et que nous nous arrêterions à Valence.

– Il s'est expliqué ?

– Non.

Les gargouillements dans mon ventre couvrent le bruit de la machine. Je me relève et plonge dans le frigo pour me confectionner un casse-dalle. Je m'alimente. Mes forces reviennent. Je suis vivante. Mon frère est vivant.

– Que m'est-il arrivé ?

– À toi de me le dire.

Je lui raconte la salle, la porte fermée, le tueur que j'ai cru voir – non, que j'ai vu –, le groupe électrogène, ma perte de connaissance.

Octave raconte à son tour.

– Séraphin a fait son show, j'ai descendu la dodoche de la scène et je suis parti à ta recherche. Je t'ai retrouvée à l'extérieur, adossée à un mur. Tu étais inconsciente mais tu respirais normalement.

– Je me serais traînée toute seule à l'extérieur ?

– Je pense plutôt que quelqu'un t'a sortie de là.

De grands panneaux publicitaires, au bord de la voie rapide, nous vantent les mérites du *Café Disaster*, seul café à simulateur sismique du monde civilisé, frissons garantis.

– Qui m'a secourue ?

Octave conserve le silence. Serait-ce lui ? Et il inventerait une version où il n'y est pour rien ? Pourquoi ferait-il une chose pareille ? Une seule explication : s'il t'a sauvé la vie et qu'il laisse le crédit à un autre, c'est parce qu'il craint que tu t'attaches à lui.

Un coup de poignard me transperce le cœur.

Je suis amoureuse, je constate avec effroi.

– Tu m'as retrouvée à l'extérieur et...

Vas-y, Octave. Fais-moi entendre ta voix douce et grave.

– Je t'ai ramenée à la dodoche.

– Dans tes bras ?

– Non. En brouette. J'en avais justement une sous la main. (J'affiche une mine stupide.) Bien sûr que je t'ai portée.

Comme une princesse et j'étais inconsciente. Je rate vraiment tout.

– De retour au camping, je t'ai couchée dans le Vévé. Avec le grand-père et Séraphin, on a décidé de partir au petit matin.

– Ils n'ont pas été étonnés de me voir dans cet état ?

– Je leur ai dit que tu avais bu trop d'alcool.

– Quoi ?

– T'aurais préféré que je raconte au Capitaine qu'on avait essayé de te tuer ?

Après il aurait fallu parler des têtes du zodiaque, de Kolpaki, de l'enlèvement de papa. Et le grand-père aurait appelé la police comme toute personne adulte normalement constituée.

– Comment a-t-il réagi quand il a su que sa petite-fille était ivre morte ?

– Il a juste ajouté que nous nous arrêterions à Valence.

Nous quittons l'autoroute et prenons la direction du littoral. Nous suivons la dodoche. Le grand-père ne commet aucune infraction. Sa conduite est exemplaire.

Il met son clignotant pour tourner. Il respecte les feux et les panneaux. J'ai sauté dans un monde parallèle.

Je l'imagine derrière son volant, ressassant le fait que j'ai la gueule de bois.

À l'âge de six-sept ans, je suis rentrée dans son bureau, lieu interdit aux enfants, et j'ai cassé une maquette de pont. Il ne m'a pas grondée. Il m'a juste fixée, sans rien dire. Je venais de perdre une étoile et j'ai ramé pour la regagner.

Nous nous garons au bord d'un immense complexe futuriste d'une blancheur éclatante. L'Oceanogràphic. Séraphin bondit hors de la dodoche. Il saute partout.

– On va voir des pingouins ! On va voir des pingouins !

Je descends, piteuse, de la Vagabonde.

– Ne crie pas, recommande le grand-père. Ta sœur a mal à la tête.

Octave se mord les lèvres. Il se rend compte de son erreur. Il aurait pu dire que j'avais fait un malaise vagal ou que j'étais sujette à une carence.

– Je préfère rester dans le Vévé, j'annonce.

– Toi, tu viens, ordonne le Capitaine.

– Moi, je vous attends dans le camion, décide Octave.

Lâche, va. À contrecœur, j'accompagne Séraphin et le grand-père, les mains dans les poches, en retrait. Il achète trois entrées pour le plus grand aquarium d'Europe.

– Pourquoi on visite l'Oceanogràphic ? j'ose demander.

– Voir beaucoup d'eau te fera du bien.
– Et y a des bélugas !!! s'exclame Séraphin.
Finalement, si. J'ai mal au crâne.
Je me retire et me mets en mode repos. À Séraphin de raconter la suite.

Le plus merveilleux souvenir des vacances
Devoir de rentrée de Séraphin Bird
CM1

On a été au sénographe de Valence en Espagne. On est restés deux heures. J'aurais voulu rester deux jours. Il y avait un aquarium où les poissons fonçaient comme dans Speed Racer. On pouvait passer dedans sans se mouiller et faire la course avec. J'ai eu un peu peur que l'eau nous tombe dessus.

Y avait un phoque super intelligent. On l'a appelé Roger. Il est venu nous voir près de la vitre et il a suivi le doigt de Billie. Il était trop marrant. On l'a revu à l'extérieur. Il faisait le beau comme un chien. Il est gentil le Roger disait ma sœur. Et lui se mettait sur le dos pour qu'on le gratouille. J'aimerais bien avoir un phoque mais c'est pas possible dans notre appartement. Il serait obligé de rester dans la baignoire. Mais j'aimerais bien avoir un phoque.

On a rigolé avec les pingouins. Et les bélugas. Ils étaient trop beaux. Mon grand-père il leur a parlé comme le Capitaine achabe à mobidique. Je pense qu'ils ont rien entendu. La vitre était trop épaisse.

Y avait un pestacle de dauphins mais y a rien qui ressemble plus à un pestacle de dauphins qu'un autre pestacle de dauphins sauf quand ils sont vraiment très bons ce qui était le cas alors on a applaudi jusqu'à en avoir mal aux mains.

On a vu d'autres poissons super bizarres. J'ai pris les étiquettes en photo alors j'écris leurs noms. Gymnothorax funebris ou murène verte. Dragon de mer. Trop beau. Poisson-lune. On dirait qu'ils ont été aplatis à coups de marteau. Un poisson punk roux. J'ai pas son nom. Un fossile vivant.

Grand-père m'a expliqué qu'un fossile vivant est un animal qui aurait dû disparaître mais qui existe depuis très très longtemps. Comme toi ? je lui ai demandé. Il avait pas l'air content.

Ma sœur a essayé de me faire croire que les étoiles de mer sont des étoiles tombées dans la mer.

J'ai pleuré quand on est sortis tellement c'était bien. J'ai d'autres souvenirs de vacances d'après. Mais celui-là, c'était le meilleur. Voilà.

Billie Bird n'a rien de plus à ajouter concernant cette parenthèse océanographique. Sinon que Roger, dans une vie antérieure, était sûrement un clébard.

Peñiscola se trouve à mi-chemin de Valence et de Barcelone. Nous bivouaquerons ici. Sur une presqu'île rocheuse se dresse un château, celui de Pedro de Luna, Pierre de la Lune, qui a été antipape au XIIe siècle. Il y a une grande plage en demi-cercle, un petit port de pêche, une gargote sans prétention dans laquelle nous dînons.

Chose promise, nous avons supprimé le compte Facebook de Séraphin. Je l'ai laissé accomplir le clic fatal. Bye bye les treize mille amis. Bye bye Kolpaki qui nous a sans doute retrouvés par ce biais. Bye bye Joe Dassin.

– *Arrivederci.*

– Qui veut dire « au revoir », précise le grand-père. Donc « à nous revoir. »

– *Adiós,* alors.

Chacun armé d'un esquimau, nous étudions le signe gravé dans le pilier de la médina via l'écran de mon téléphone.

– *Quid est ?* nous demande le grand-père sur un ton professoral.

OK. Lui sait, nous non. C'est l'heure de l'interro. Le génie de huit ans et demi lève le doigt.

– Un serpent débile !

– Pourquoi débile ?

– Il se mange lui-même. Comme le chien de madame Truchon. (Notre voisine de palier.) Il court toujours après sa queue.

– Il s'agit d'un symbole, glisse Octave.
– Que représente-t-il ? redemande le grand-père.
– Un serpent débile, s'obstine Séraphin.
– Ouroboros.

D'où connais-je ce nom ? J'ai pourtant l'impression de le prononcer pour la première fois.

– Ouroboros, répète le grand-père. Celui qui se dévore la queue. Le début et la fin de toute chose. L'alpha et l'oméga. Il symbolise l'Océan primordial qui entourait le monde d'après les Anciens. Il symbolise aussi le Temps et l'Univers.

– Pas la moitié d'un symbole, je commente.

Séraphin fait des bruits énervants avec la bouche. Il s'ennuie.

– On se raconte des blagues ?

Les adultes l'ignorent. Du coup, il soupire.

– Pourquoi on va à Barcelone ? j'interviens.

Le grand-père tourne les glaçons au fond de son verre, dans un sens puis dans l'autre.

– Qui dit chasse au trésor dit indice pour aller d'étape en étape. Or votre père a élaboré cette quête en dépit du bon sens. Son ouroboros est plutôt opaque, vous ne trouvez pas ?

– Si, je réagis. Et tu ne veux toujours pas nous dire pourquoi on va à Barcelone.

– Tu lis la fin d'un roman avant de le commencer ?
– Des fois.
– En l'occurrence, tu attendras. (Il jette ses glaçons sur le côté.) J'ai ma petite idée sur le chemin qu'Alphonse veut vous voir prendre et je m'arrange

pour que vous le preniez. Je suis votre guide. Après Cordoue, Barcelone. Faites-moi confiance.

Le rocher de Peñiscola cache une seconde plage. Sur cette plage se dresse une structure, un entrelacs de cordes épaisses tendues entre le sol et un pylône dans lequel les enfants peuvent grimper. Celle-là mesure au moins dix mètres de haut.

Octave et Séraphin courent vers elle. Nous marchons lentement avec le grand-père. Il tient Sémiramis dans ses bras. Nous avons enlevé nos chaussures, à cause du sable. Je porte les deux paires.

– Quand j'avais ton âge, je suis tombé amoureux d'une Irlandaise. Elle s'appelait Sarah.

– Avant grand-mère ?

– Bien avant ! Sarah est restée trois mois à la maison. Son père était ingénieur, comme ton arrière-grand-père. Pas très original, hein ?

Séraphin gravit la structure à toute vitesse. S'il pouvait balancer des noix de coco sur Octave à la traîne, il ne se priverait pas.

– Son départ m'a dévasté. Je connaissais le nom du village où elle vivait. Je l'ai repéré sur une carte, j'ai volé de l'argent à mes parents et je suis parti la retrouver.

– Tu as fugué ?

– J'ai réalisé un rêve. En ce temps-là, à quinze ans, on était dégourdi.

Vlan. Prends ça dans les dents, ma petite fille !

– Je vais t'attraper ! promet Octave à mon chimpanzé de petit frère.

– Beulbeulebulebuelebeul, lui répond-il toute langue dehors.

– J'ai mis près d'un mois à atteindre mon but et presque autant à revenir.

– Tu n'es pas resté avec elle ?

– Elle ne m'aimait pas. Je me suis nourri d'illusions.

– Tes parents ont dû être furax ?

– Le moins qu'on puisse dire.

Le grand-père s'arrête. Il contemple la baie, la forteresse, la fille de son fils.

– Si j'avais un seul conseil à te donner, ce serait : réalise tes rêves.

Promis craché juré. Je me concentrerai sur cette tâche dès que j'aurai libéré mon père.

Octave atteint le haut de la structure. Séraphin change de côté et redescend vers la surface.

– Concernant ton… accident d'hier soir. (Aïe.) Il n'y est pour rien, j'espère ?

– Octave ? (Il a tout inventé. Donc la bonne réponse est : oui.) Non. J'ai été idiote. On ne m'y reprendra pas.

– Tu dormiras avec lui, dans le camion, cette nuit ?

Séraphin et le grand-père se partageront une chambre d'hôtel. Pour changer.

– Oui. Lui en haut moi en bas. Enfin… à deux étages différents. Pas dans le même lit.

L'ancien ingénieur doit juger mes explications confuses, voire emmêlées. Il me tend un objet noir.

– J'aimerais que tu le gardes à portée de main.

La marque de l'engin me renseigne de suite sur son utilité.

– Un pistolet à électrochocs ?

– Je l'ai acheté au début de ma maladie. J'avais peur de je ne sais quoi. Il te sera plus utile qu'à moi.

Je le prends avec une grimace. Les armes, même défensives, ne m'ont jamais inspirée. Une main plus expérimentée peut les retourner contre vous.

– Je te confie Sémiramis si tu préfères. Elle te protégera. N'est-ce pas Sémiramis ?

Qui feule.

– Je me contenterai du pistolet. Mais... tu sais... Avec Octave, je ne risque rien. Nous sommes juste amis.

L'intéressé vient de se prendre les pieds dans la structure et de se rétamer dans le sable. Dangereux, lui ? J'apprécierais qu'il le soit un peu plus, tiens. Ça me changerait.

Nous nous enfermons dans la Vagabonde comme dans un fort Chabrol. Octave est allongé à l'étage supérieur. Le ressac nous berce. J'espère une nuit sans rêves.

– Ton grand-père est un chic type.

Il m'a confié un pistolet qui peut t'envoyer une décharge de cinquante mille volts à la première occasion.

– Barcelone... Il ne t'a rien dit de plus ?

Moi aussi j'aimerais savoir pourquoi il fait une fixette sur la capitale de la Catalogne. Et pourquoi tu m'interroges, d'ailleurs, le mec du hamac ?

– Tu dors ?

Octave renonce et se tourne pour chercher le sommeil. Sur la vie de mon père et les cartes Pokémon de mon petit frère, je vous jure que le reste de la nuit peut se résumer à trois lettres : RAS soit Rien À Signaler.

Zorro

J -174

Petite, quand on me demandait ce que je voulais faire quand je serais grande, je ne répondais pas voleuse mais actrice. Je simulais avec un certain talent.

Blanche-Neige croquant dans la pomme empoisonnée et se pâmant.

Enfant-pouvoir (super mini-héros inventés par notre bande déjà constituée de Tiburce, Claire et Wanda, à l'école primaire) condensant une boule de méga-énergie.

Pré-ado porteuse d'un lourd secret dont le destin s'écrirait en lettres de sang.

Voici ce qu'un script pourrait dire du numéro d'actrice que j'entame à vingt kilomètres de Barcelone.

« Ses forces lâchent Billie. La fièvre grimpe. Le temps de garer Vévé et dodoche dans un parking surveillé puis de dégoter un hôtel en centre-ville, elle tremble de tous ses membres, marche comme sur un terrain accidenté, voit des choses impossibles à décrire, a à la fois chaud et froid.

Octave prend la situation en main. Il la couche plus morte que vive. Le Capitaine la sermonne une dernière fois sur sa soirée trop arrosée.

Elle sombre comme un scaphandrier dans des ténèbres liquides. »

Prise à mon propre jeu, je m'endors vraiment.

Octave n'est plus là à mon réveil. J'ai la dalle mais il y a plus urgent qu'aller se chercher un casse-croûte. Je déplie mon ordi, branche ma clé brouilleuse, me connecte au Net, me rends direct sur le site des voleurs.

Je ne suis pas sûre de trouver ce que je cherche dans la droguerie. Pourtant, dans une droguerie, on vend tout plein de drogues, non ? Je parcours les catégories. Aucune ne correspond à l'objet de ma quête. Je clique sur « autres » et déroule plus de deux cents annonces de produits divers et variés.

Là aussi, je fais chou blanc. En désespoir de cause, je me rends au *Café*.

Peu d'usagers en ligne. Trois teams et un solo. On dirait que les voleurs sont en vacances. Un annuaire recense les voleurs par zones géographiques. Espagne. Barcelone. Zorro, un solo, retient mon attention. *Zorro* signifie *renard*. Et Séraphin adore les renards. C'est un signe.

Je compose mon message en français, le traduis automatiquement grâce à Google, l'adresse à celui qui a pris le nom du justicier masqué.

« Quiero comprar pentotal. Yo estoy en Barcelona. Si usted tiene una solución, ponerse en contacto conmigo rápidamente. Gracias. »

Zorro est en ligne. Il me répond :

« ¿ Per qué hacer ? »

Pour faire quoi ? La question qui tue. Je décide de jouer la carte de la franchise.

« Dar voz a un silencio. »

Rendre la parole à un muet.

« Une jeringa = 100 € ¿ Cantitad ? »

Je commande cinq seringues, au pif.

« Razzmatazz. Sala uno. Esta noche. 22 h 00. ¿ Vestido ? »

« Abrigo verde », réponds-je avant de me déconnecter.

Je range mon ordi et me remets au lit. J'ai le nez creux. Octave choisit ce moment pour pousser doucement la porte de ma chambre. Il s'assied sur le bord de mon lit. J'ouvre un œil vaseux.

– Tu es réveillée ?

Je joue celle qui veut se redresser et qu'un étourdissement incite aussitôt à se rallonger.

– Depuis combien de temps je suis dans les vapes ? je marmonne.

– Six heures. Repose-toi.

Je tends la main vers le verre d'eau posé sur ma table de nuit. Octave, prévenant, me le passe. Je le vide à grandes gorgées.

– Quelle heure est-il ?

Les volets sont tirés et je n'ai pas de montre.

– Vingt heures passées.

Déjà ?

– Il faut que tu te reposes encore.

J'acquiesce avec un sourire fatigué. Il me caresse le front. Je décide de lui donner une dernière chance. J'abats mes cartes d'un coup.

– On cherche tous les deux la clé mais pas pour les mêmes raisons. Qu'est-ce que tu feras quand on l'aura ? Tu disparaîtras avec ?

– Chut, répond-il. (Il m'embrasse sur le front.) Dors.

Je ferme les yeux et apaise mon souffle. Il sort de ma chambre. Je rouvre les yeux.

J'en pince pour vous, cher Octave, mais vous avez loupé le coche.

Le Razzmatazz désigne une salle de concert. Ce soir, les Torquemada Sisters s'y produisent. Je me prépare pour ma virée clandestine, me vieillis un peu à coup de maquillage, empoche quelques billets de cent, enfile mon manteau de cuir vert.

J'accroche un *Ne pas déranger* sur la poignée de ma porte de chambre, descends à la réception par les escaliers et me coule à l'extérieur par la sortie de secours.

Je me rends au Razzmatazz en métro. Le concert est sur le point de commencer quand je me présente sala uno. Du coup, pas de file d'attente. On me vend une entrée sans me poser de question sur mon âge. Je pénètre dans un environnement à la fois sombre et coloré dont l'air vibre au rythme de l'acoustique.

Je ne suis jamais allée à un concert rock. Je m'installe en retrait des quelque deux cents personnes qui s'agglutinent contre la scène et au bar. Les Torquemada Sisters montent sur scène.

Comme le nom de leur groupe ne l'indique pas, ils sont trois frères de Manchester. Et ils ont une patate...

En avalant Coca sur Coca, je me prends une claque de première catégorie. Dans la salle, tout le monde chante et danse. Les morceaux s'enchaînent à un rythme endiablé. Le kiff total. J'en oublierais presque mon rendez-vous.

Dix minutes avant vingt-deux heures, j'arpente l'arrière de la salle, visite les toilettes, plutôt sauvages, grimpe un escalier qui mène à une terrasse. Personne, à part quelqu'un, là-bas, dans l'obscurité, discernable au bout incandescent de sa cigarette.

La cigarette est jetée par terre et écrasée sous une chaussure. J'hésite. Et si Kolpaki était dans les parages ? Idiote que je suis ! J'ai mis mon brouilleur mais, sur le site des voleurs, Vagabonde a accepté un rendez-vous ici et maintenant, avec un inconnu.

Plutôt, une inconnue.

La jeune femme qui sort de l'ombre me fait tout de suite penser à Emma Peel, la copine de John Steed dans *Chapeau melon et bottes de cuir.* La série n'est plus toute jeune mais c'est une des préférées de mon père. Elle s'arrête à un mètre de moi, les mains sur les hanches. Des fossettes creusent ses joues.

Elle me tend la main, serre la mienne et la garde.

– Tu as l'argent ? me demande-t-elle en français.

– Tu as le penthotal ? je rétorque sur le même ton.

Elle me rend ma main et sort une boîte de son blouson. Dedans, cinq mini-seringues. Je déploie cinq billets de cent en éventail. Zorro s'en saisit et me confie la boîte.

– Tu sauras t'en servir ?

– Pas vraiment, j'avoue.

– Combien pèse ton muet ?

– À la louche, soixante-quinze kilos.

– Alors tu n'auras besoin que de deux seringues. Elles agiront pendant cinq minutes. Prépare bien tes questions.

– Il s'en sortira… indemne ?

Zorro croise les bras et change de pied d'appui.

– Il se demandera ce qui lui est arrivé durant cinq minutes et pourquoi il a aussi mal à la cabeza. Prépare bien tes réponses.

Dans la salle, la foule hurle sa joie. Zorro écoute et prévient :

– La vérité ne sortira pas forcément de la bouche de ton muet. La drogue fera tomber ses barrières. Derrière il y aura autant de rêve que de réel.

– C’est noté.

Zorro hoche la tête. Je regrette déjà de la voir partir. Je sens qu’elle pourrait m’apprendre plein de trucs.

– Hasta la vista.

Elle ne saute pas dans le vide accrochée à un fouet lui-même enroulé autour d’une gargouille. Elle descend dans le Razzmatazz par l’escalier. Je l’imite une minute plus tard, sors de la salle, saute dans un taxi et retourne à l’hôtel en évitant de me poser des questions dans lesquelles la morale aurait son mot à dire.

Personne n’est venu déranger Billie malade. Je me recouche et attends le sommeil, du Torquemada Sisters plein les oreilles.

Le dragon

J -173

Le parc Güell a été dessiné par Gaudí, *Zi Architect of Barcelone*. Le grand-père a tenu à ce que nous y allions ensemble après le petit-déjeuner. Je sens qu'il va nous lâcher l'info que nous attendons tous.

L'endroit est étonnant. Il y a un banc immense constitué de céramiques colorées, des grottes, des piliers penchés. Le parc a été dessiné par quelqu'un qui aimait s'amuser. Séraphin est sur la même longueur d'ondes. Il nous raconte des blagues.

– Vous savez où monsieur et madame Dynamite se sont rencontrés ?

– Non, répond son auditoire.

– Dans une boum !

Personne ne rit. Pas vexé, Séraphin embraye.

– Quel fruit porte un sous-vêtement ?

Il me coupe la chique au moment où j'ouvre la bouche.

– La banane à slip !
– Mais non, la banana split !
– Y a une différence ?
– Énorme, banane !

Nous descendons une rampe qui longe une fontaine en cascade. Le grand-père m'observe du coin de l'œil. La cascade s'achève par un gros lézard en céramique.

– Monsieur et madame Sainmaloalanagesépadelatarte ont un fils, balance Octave, contaminé par Séraphin.

– Ramon, propose le nain au hasard.

– Ferdinand. Faire Dinan Saint-Malo à la nage c'est pas de la tarte.

Je me fige face au lézard.

– Je suis déjà venue ici.

J'étais toute petite. Les images affluent. Papa et maman... Je les revois. Ainsi que la Vagabonde. Mon frère n'existait pas encore.

Séraphin, Octave, le Capitaine m'entourent.

– Je suis déjà venue, je répète.

– Tu avais pris ce lézard pour un dragon, affirme le grand-père, tout sourire.

Octave et Séraphin se dévisagent, perplexes. Je ne le suis pas moins qu'eux.

– Le dragon a provoqué le déclic. (Le Capitaine ajoute, l'air roublard :) Allons rendre visite à ce cher Christophe Colomb.

Les Ramblas sont envahies par les touristes, les statues vivantes, les portraitistes et les vendeurs de jouets à deux euros. La mode est aux parachutistes que l'on propulse à vingt mètres de haut avec un élastique.

Séraphin photographie ses pieds, le ciel, des fragments d'immeubles penchés. Je connaissais déjà son intérêt pour l'image (cinéma, télévision, jeux vidéo), je vous annonce officiellement que nous avons un mini-photo-reporter dans nos rangs. Super.

En bas des Ramblas, nous fendons le flot automobile et rejoignons la colonne au sommet de laquelle est juchée la statue de Christophe Colomb. Des lions couchés ou debout montent la garde, impressionnants. Des figures allégoriques sont reliées par des chaînes. L'explorateur, en bronze, tend le bras vers la mer.

Le dragon de Gaudí a enfoncé une porte et les images se bousculent. Mon père me juche sur un des lions. Nous montons au téléphérique qui relie le port à la colline de Montjuic. J'ai peur. La nacelle s'élance. Nous avançons au-dessus du vide. Une rafale de vent secoue la cabine. Je hurle. Depuis, le vertige ne m'a pas quittée.

– J'avais quel âge ?

– Cinq ans.

Le grand-père pose la main sur le flanc d'un lion de bronze.

– Vous êtes partis avec la Vagabonde pour un voyage autour de la Méditerranée.

Il me tend une carte postale. Elle montre le monument au pied duquel nous nous trouvons.

Ma mère écrit. Je lui dicte. Elle est adressée au grand-père, à Rochefort.

– « Bonjour papy. On va suivre Christophe Colomb. Avant, on a été à Cordoue. » On venait de Cordoue ?!

Et mon grand-père se balade avec les cartes postales que je lui adressais, petite fille ? Je reprends ma lecture :

– « À mon retour, je te donnerai un dessin que j'ai fait avec papa et maman. »

– Ton dessin.

Le grand-père me passe une feuille de papier. Je la déplie ainsi que l'ouroboros qui y est dessiné. Le même que celui dans la salle du pilier. Version enfant de cinq ans et feutres de couleur.

Les voitures roulent follement autour de la colonne qui, d'un coup, me paraît adopter un mouvement de carrousel. Je m'assieds.

– Alphonse m'a déjà fait le coup de l'ananké il y a dix ans. Je lui avais sorti mon Hugo. Comme pour toi.

Octave n'en revient pas.

– Tes parents ont cherché… (Il s'arrête in extremis et corrige sa trajectoire.) Ils ont participé à la même chasse au trésor ?

– Ils sont allés à Cordoue et à Barcelone d'où Billie m'a envoyé le dessin et la carte postale, résume le Capitaine. Ont-ils participé à cette chasse ou l'ont-ils organisée ? Quoi qu'il en soit, ton père ne t'a pas envoyée sur la piste de l'ananké par hasard. Mystère, mystère…

J'essaie de raisonner. Mon père a été enlevé après avoir volé une tête du zodiaque. Ce que nous traquons, la clé de Héron, il l'aurait cherché alors que j'avais cinq ans ? La *Société des Cambriolages Réunis Bird Père & Fille* est donc impliquée personnellement dans cette quête sans queue ni tête. Génial.

– Après Barcelone vous avez continué votre voyage. Mais je n'arrive pas à me rappeler votre destination... (Le Capitaine se tapote le crâne pour se remettre les idées en place.) Ton message cache sûrement un indice.

Il ment. Il sait où nous sommes allés, mais il s'amuse. Séraphin m'arrache la carte postale des mains et la relit.

– « On va suivre Christophe Colomb. » (Il lève le nez et avise la statue au bras tendu trente mètres au-dessus de nos têtes. Il montre la direction.)

– Bien joué moussaillon ! le félicite son grand-père. Où nous dit-il d'aller ?

– Colomb, il a découvert... l'Amérique ? On va en Amérique ? À Las Vegas !

– Calmos, j'interviens. Pour te rendre à Las Vegas, il faudrait que tu remontes les Ramblas, dans la direction opposée. Par-là, c'est...

– L'Italie, souffle Octave.

– Cette statue a été positionnée en dépit du bon sens, reconnaît le Capitaine. Mais Colomb désigne l'Italie. Votre chasse au trésor s'est effectivement poursuivie par la botte il y a dix ans et la nôtre doit prendre un chemin similaire.

La nuit est tombée. À terre, les gens chantent, dansent, rient et pleurent. Je me tiens à la poupe d'un ferry, dans le port de Barcelone. Dodoche et Vagabonde sont parquées dans le ventre du navire. Il est près de minuit. Séraphin et le grand-père dorment comme des bienheureux dans leur cabine. Demain, en fin d'après-midi, nous serons à Livourne, sur la côte ouest de l'Italie.

Les manœuvres s'achèvent. Les amarres sont remontées. Les hélices barattent l'eau. Le bateau s'écarte lentement du quai. Octave me rejoint alors que nous franchissons les brise-lames et que la houle soulève doucement le ferry. L'air fraîchit d'un coup. Octave pose mon manteau en cuir sur mes épaules. Je l'avais oublié dans le Vévé.

– Merci.

Dans le silence, entre nous deux, des questions sans réponses s'entrechoquent avec fracas. Dans un style moins ampoulé, on gamberge.

– Tu as été le premier à me parler de cette fichue machine.

– Je sais.

– Pourquoi mes parents ne m'ont rien dit ? Pourquoi ont-ils couru après la clé de Héron ? (Barcelone, ovale de lumière, s'éloigne dans les ténèbres.) Je n'ai gardé aucun souvenir de ce voyage.

– En tout cas, ton père est plus impliqué qu'il n'y paraissait de prime abord, résume Octave, pompeux.

Il y a encore quelques heures, les ravisseurs avaient l'exclusivité de ma colère. Maintenant, le paternel y a droit aussi. Qu'a-t-il réussi à me glisser quand ses geôliers ont eu la grande générosité de me le passer au téléphone la première fois ? « Écoute-moi Billie. Il ne faut pas que tu... » QUE JE QUOI ?

Quant à la seconde fois ? Il a parlé de Héron d'Alexandrie et...

– ... il a hurlé.

Octave, pensant que je lui parlais, tend l'oreille. Je reste plongée dans mes pensées. Il a quand même une nouvelle à m'annoncer. Ni bonne ni mauvaise.

– Les sbires de Kolpaki étaient bien présents à Cordoue.

Raconte, mon ami, l'incitent mes yeux revolver.

– Deux de ses gardes du corps ont été retrouvés, inconscients, dans la Fiesta de la Medina. Leurs casiers judiciaires sont longs comme le bras. La guardia civil les a coffrés. Nous serons tranquilles un moment.

J'ai de nouveau froid malgré mon manteau. La pieuvre nous a frôlés.

– Inconscients ? je relève.

– Pour être plus précis, endormis avec des fléchettes imprégnées de curare.

Moyen qu'Octave a déjà utilisé pour les neutraliser au Cap-Ferrat. J'imagine les hommes de main de l'Ukrainien à leur réveil, avec un sentiment de déjà-vu, comme moi devant le dragon du parc Güell.

– Bien sûr, tu n'y es pour rien ?

Octave se tait. Et si je te plantais une seringue dans la fesse gauche, ici et maintenant ?

– Qui alors ?

– Selo.

Je me remémore le vieillard au profil d'oiseau marabout regardant autour de lui, à Cordoue, avant de se diriger vers la mosquée cathédrale.

– Il a neutralisé les gorilles et t'a sortie de la salle au pilier.

– Chic type.

– Pas vraiment. (Octave confie :) J'ai été son apprenti.

– La sarbacane et le curare viennent de lui ?

Il acquiesce.

– Il t'a appris d'autres trucs épatants ? Genre danser la lambada à l'envers ou peindre avec les pieds ? (Le visage d'Octave se ferme.) Toujours pas décidé à m'en dire plus sur les douze ?

Je suis vannée. Et les sphinx me gonflent. Je me fais une promesse en descendant vers ma cabine : j'éventrerai le secret de mon compagnon de voyage comme j'éventrerai celui de mon père.

Mon petit village

J -172

– Moby Dick n'est pas l'unique terreur des océans. Les exploits sanguinaires d'autres léviathans sont narrés sur les gaillards d'avant. Timor Tom qui croise au large d'Ombaaï. Jack de Nouvelle-Zélande. Morquam, roi du Japon, dont le souffle est cruciforme. Don Miguel, le solitaire du Chili, au corps strié de hiéroglyphes.

Le Capitaine et Séraphin sont à la proue. Environnement maritime oblige, le grand-père est reparti dans son livre de chevet.

– Mais aucun de ces cachalots n'est aussi terrible que Moby Dick. Tu sais pourquoi ?

– Non, avoue Séraphin.

– Parce que Moby Dick est blanc, des fanons à la nageoire caudale. Qu'est-ce qui est blanc, dans notre monde ?

– Les yaourts ?

– La Mort.

OK. La mort.

Ambiance.

Je retourne dans ma cabine pour surfer sur Internet. Rien chez les voleurs. Rien dans ma boîte mail. À croire que mon existence n'intéresse personne. La nuit s'est déroulée sans encombres. La mer est d'huile. Le calme avant la tempête.

Nous déjeunons au snack du ferry. Le Capitaine sort une boîte de médicaments et avale deux comprimés bleus. Pendant que Séraphin me pique mes frites, j'étudie la notice du médicament. Je commets l'erreur de lire la rubrique « *Effets non souhaités et gênants* ».

– Nausées. Vertiges. Allergies. Œdème de Quincke. Perte de conscience. Amnésie. Hallucinations. Trouble psychotique. Tachycardie. T'es sûr que ça soigne ?

– On l'administre aux éléphants qui perdent la mémoire.

Je reprends ma lecture.

– Posologie.

– C'est quoi la polosogie ? demande Séraphin.

Je ne remettrai pas ses syllabes à leur place. Des années que j'essaye de lui faire dire aéroport au lieu d'aréoport. Pour pestacle, je suis sûre qu'il le fait exprès. Cet enfant ne veut pas grandir.

– La po-so-lo-gie dit combien de pilules tu peux prendre si tu ne veux pas mourir couvert de plaques et complètement zinzin. « *Dose maximale : deux comprimés par jour.* »

J'y crois pas. Une semaine qu'il s'administre trois fois la dose.

Le Capitaine m'adresse un sourire contrit comme si je venais de le surprendre le doigt dans un pot de confiture.

– Alors, quand est-ce qu'on arrive ? veut savoir Séraphin.

– On débarque dans deux heures, l'informe Octave.

– Et après on va où ? ajoute le petit frère.

La grande question. Trois têtes se tournent vers le grand-père.

– Je l'ignore, avoue-t-il.

– Tu l'ignores, je répète, incrédule.

– Ou j'ai oublié. Ça me reviendra. Ne vous inquiétez pas.

OK. Il a décidé de jouer avec nos nerfs. Blam. Je plaque mon ordi sur la table et traîne sur les forums de camping-caristes, une source d'informations irremplaçable pour dénicher des coins tranquilles. Je tombe sur la page de Ginette et Robert qui racontent leurs vacances en Toscane.

– Volterra, je décide. Il y a une aire gratuite. (J'en ai marre du camping.) Et des pizzerias d'enfer.

– Va pour Volterra, agrée le Capitaine.

Nous errons, tels des morts vivants prêts à s'entre-dévorer.

Volterra est un bourg sublime, juché en haut d'un piton, aux portes de la Toscane. Mais le dimanche, tous, pizzaïolos compris, baissent le rideau. Non seulement j'ai promis une pizza à Séraphin, mais en plus le frigo de la Vagabonde est vide.

– Tel Alexandre Selkirk lorsqu'il fut marronné sur Más a Tierra, chantonne le grand-père, nous mangerons de l'herbe et des tortues sauvages.

Second problème : l'aire de camping-cars est idéalement située mais sur un terrain en pente. De plus, on ne dormira pas tous dans le Vévé. Bref, je ne vous raconte pas l'ambiance.

– Jé fin, bêle Séraphin pour la cent onzième fois.

Octave, à l'écart, compose un numéro sur son téléphone portable. Il se met à parler en italien. Super vite.

– Pour moi ce sera une del pescatore ! je lance. Avec œuf !

– Une quatre fromages !!! renchérit Séraphin.

Octave revient vers nous après avoir raccroché.

– Alors tu parles anglais, italien…

– Russe, chinois, klingon… Je nous ai réservé une nuit dans une ferme-auberge à dix kilomètres d'ici. Le temps d'arriver, les pizzas seront prêtes.

– T'es génial ! fait Séraphin qui saute au cou d'Octave.

Même polyglotte, le génie m'énerve.

Hôtes sympathiques. Pizzas impecs. Un sans-faute pour Octave. Du coup, il a gagné le droit de dormir dans le Vévé avec Séraphin.

Dans ma chambre, je me tourne et me retourne sans trouver le sommeil. Finalement, je sors dans le jardin.

Je ne suis pas peu surprise de découvrir mon grand-père, allongé dans l'herbe brûlée par l'été, à contempler les étoiles. Je m'allonge à côté de lui.

– Tu n'arrives pas à dormir ? je lui demande.

J'aurais pu poser une question moins idiote. Il a la gentillesse de ne pas répondre.

– Je suis sûre que tu connais notre prochaine étape.

Il tire une carte postale de sa veste. Je la prends, l'étudie à la lueur de mon téléphone portable, la lui rends.

– Tu ne voulais pas nous le faire deviner au petit-déjeuner ?

– Et si je perdais la boule dans le courant de la nuit ?

– Tu vas super bien depuis qu'on est partis.

Un satellite sillonne le ciel. Les feux d'un avion de ligne clignotent dans une autre direction.

– Ma maladie est entrée dans une nouvelle phase. Je bénéficie d'un long moment de lucidité. Mais cela risque de s'arrêter. D'un coup.

Il me balance l'info sans sourciller.

– J'aurai bientôt tout oublié, ma petite fille. Mon médecin est formel.

Un râle m'échappe. Dedans il y a « Non », « Je t'aime », « Ton toubib peut se tromper ».

– Je suis sûr que ton père nous attend au bout de cette chasse au trésor, continue-t-il alors que je lutte pour ravaler mes larmes. Sacré Alphonse.

Le vent fait ployer les cyprès au-dessus de nous. Une bestiole que je suis incapable d'identifier lance un appel nocturne.

– Heureux qui, comme Ulysse, a fait un beau voyage, ou comme cestuy-là qui conquit la toison, commence à réciter le Capitaine.

Je reprends la poésie de Du Bellay que les Bird déclament parfois à haute voix lors des festivités familiales :

– Et puis est retourné, plein d'usage et raison, vivre entre ses parents le reste de son âge.

– Quand reverrai-je, hélas, de mon petit village…

Il se tait, réessaye.

– Quand reverrai-je, hélas…

Je connais la suite mais me tais, la gorge nouée par l'émotion.

La Sérénissime

J -171

Ces sept mots vous aideront à identifier notre destination mystère :

gondole-lagune-carnaval-amore-canal-
vaporetto-gelati.

Le petit-déj avalé, nous fonçons droit vers V***. Il nous faut la journée pour l'atteindre, surtout avec la dodoche qui ne dépasse pas le soixante à l'heure. Sur la route, je traque le point de chute idéal. De posts à blogs, j'opte pour un camping installé au bout d'une langue de terre qui s'élance dans la lagune : la Punta Sabioni.

Deux familles de touristes nomades auto-véhiculés se partagent le bitume : celle qui se déplace en fourgons, comme nous, et les Pantoufle. Eux, ils ont douche, télévision, terrasse amovible, frigo avec machine à glaçons.

On the road, lorsqu'un Vévé croise un autre Vévé, les conducteurs se font coucou. Comme les motards. Les Pantoufle se saluent aussi. Par contre, vous avez beau saluer les Pantoufle, quand vous êtes en Vévé, ils feront comme si vous n'existiez pas.

J'ai choisi le camping de la Punta Sabioni en fonction de notre famille d'appartenance. Camping modeste et familial, les fondus de Volkswagen se le recommandent entre eux.

Nous y jetons l'ancre en début de soirée. Le gardien nous attribue une place à côté d'un Bedford sans âge. Son propriétaire, un Allemand d'après sa plaque minéralogique, quinqua aux yeux canailles, nous salue à notre arrivée comme si nous étions de vieilles connaissances.

Mon intimité me manque.

Je vous préviens, je serai de mauvais poil dans les jours qui viennent.

Donc nous nous installons et la question récurrente se pose : qui dort où et avec qui ? Cinq bungalows équipent le camping. Deux sont libres. Octave pourrait en prendre un avec le grand-père.

– Non, tranche ce dernier. Je dormirai dans le camion avec Sémiramis.

– Mais...

– Pas de mais ! Je dors dans le camion ! Un point c'est tout !

Donc le grand-père aussi est de mauvais poil. Quoique. Ferme serait un terme plus adéquat. Car il demeure jovial.

Nous louons deux bungalows afin qu'Octave ait le sien. Nous mangeons sur le pouce dans le nôtre et nous décrétons l'extinction des feux sur les coups de onze heures du soir.

– On se fait un Mille bornes ? tente quand même Séraphin.

Il adore ce jeu.

– À deux c'est nul.

– Je vais chercher Octave ?

– Octave est couché.

– On fera une partie demain soir, décrète le petit frère.

S'il ne devient pas savant fou, Séraphin sera dictateur.

– Au fait, je remarque avant d'éteindre. Tu n'as pas ta DS ?

– Je l'ai laissée à Rochefort.

– Oubliée ?

– Non. Laissée exprès. Je jouais trop.

Je jouais trop. Dixit Séraphin. On aura tout entendu.

Une trompe me réveille au milieu de la nuit. Plutôt ce que j'identifie comme une corne de brume. Je me lève et jette un coup d'œil à l'extérieur. Le brouillard est tombé sur le camping. La lumière des lampadaires parvient à peine à la percer. J'espère que le grand-père va bien.

Je sors mon ordi, le branche, me connecte. J'ai réfléchi avant de m'endormir. Je ne pourrai pas injecter le penthotal à Octave sans qu'il s'en rende compte. Par contre, je peux le lui faire ingérer.

Que les choses soient claires, sur ce coup je suis irresponsable. On ne drogue pas quelqu'un sans posséder de sérieuses notions médicales. Donc mon exemple n'est pas à suivre.

Vitesse d'ingestion d'une toxine. Possibles réactions allergiques. Gestes qui sauvent. Au bout d'une heure, je me considère comme une cador. J'éteins l'ordi et retourne dans mon lit.

Au fait, la seconde carte postale, je l'avais envoyée à Rochefort de Venise. Mais vous l'aviez déjà deviné, non ?

Intermezzo (I)

J -170

Nous voilà sur le pont tôt. Plutôt sur le ponton. Le Capitaine a décidé de rester au camping. Nous, meute de taille déclinante (du plus grand au plus petit : Octave/Billie/Séraphin), grimpons à bord d'un bateau qui va mettre trois quarts d'heure pour atteindre Venise. Il n'est pas parti que je trouve déjà le temps long.

Nous n'avons pas de stratégie sinon chercher un serpent qui se mord la queue dans une ville qui compte quatre cent cinquante-cinq ponts, cent soixante-dix-sept canaux, cent dix-huit îles, deux cent onze puits, quatre-vingt-quatre églises, une dizaine de musées et je ne sais combien de palais.

Oublions les chiffres et disons qu'en me promenant je reconnaîtrai un endroit, un détail, qui nous fera progresser.

Mouais.

Nous marchons, la journée entière. Mais on tourne en rond. Comme l'ouroboros.

De retour au camping, nous ne sommes pas plus avancés qu'en en partant ce matin. Je n'ai eu aucune révélation. Aucun serpent débile n'a traversé notre champ de vision. Des touristes, ça oui, on en a vu.

En sus du Mille bornes, j'ai promis à Séraphin qu'on irait piquer une tête dans l'Adriatique. Il y a une plage à cent mètres. Je décide de récupérer nos serviettes de bain dans le Vévé. Le grand-père est en plein apéro avec son voisin d'emplacement.

– Günther, Billie. Billie, Günther, nous présente-t-il.

– Enchantée, je réponds sans montrer aucun signe d'enchantement.

Je m'apprête à monter dans le camion. Dans MON camion. Les occultants sont installés. On ne voit rien de l'intérieur.

– Hopopop. (Le Capitaine m'intercepte.) Tu comptes faire quoi ?

– Prendre les serviettes de bain pour aller à la plage.

– Où sont-elles ?

– Sous la banquette.

– Je m'en occupe.

Il grimpe dans le Vévé et en ressort avec les serviettes.

– Bonne baignade, me souhaite-t-il avant de me refermer la porte latérale au nez.

– Qu'est-ce qu'il bidouille dans la Vagabonde ? m'interroge Séraphin de retour de la plage.

– Je donnerais cher pour le savoir.

Le grand-père a décidé de rester avec son nouveau copain. Très peu pour moi. Nous partons manger avec Octave. Le dîner est expédié. J'hésite à passer à l'action. La boîte aux cinq seringues est dans la poche intérieure de mon manteau. Demain, me dis-je. Ce soir, je ne le sens pas.

De retour au bungalow, je harponne Octave par le tee-shirt… et le réquisitionne pour incarner le troisième larron au Mille bornes. Il râle mais obtempère.

J'avoue. Je prends un malin plaisir à coller mes cartes feu rouge, pneu crevé, réparation, panne d'essence à Octave. On se console comme on peut.

– On fé koa demain ? demande Séraphin.

– On visite Venise, je maugrée.

– Nous devrons être de retour à dix-neuf heures, intervient Octave.

– Pourquoi ? j'aboie.

– Le Capitaine veut nous montrer quelque chose.

Et pourquoi il parle à Octave et pas à sa petite-fille ? Suis-je si repoussante quand je fais la tronche ?

Séraphin lève le doigt.

– Tu as le bâton de parole, lui dis-je, dans ma grande bonté.

– Pour te rappeler où papa et maman sont allés quand tu avais cinq ans, on pourrait t'ouvrir le cerveau et regarder à l'intérieur ?

Je revois Séraphin garnissant les têtes vides de ses Playmobil avec des crottes de nez.

Tout le monde au lit ! Et, cette nuit, je dormirai d'un œil et d'un seul.

Que le savant fou se le tienne pour dit !

Questions et réponses

J -169

Mon cerveau occupe encore ma boîte crânienne à mon réveil. Un premier coup de pied dans le lit du petit frère. Un second dans la porte du bungalow d'Octave. Petit-déj. Débarbouillage. Je toque à la porte du camion et obtiens un grognement.

– Il paraît que tu vas nous montrer quelque chose, ce soir?

– Grmmmbl. Soyez de retour à sept heures. Laisse-moi dormir!

Espèce de vieil ours mal léché!

Je déteste cette ville. Nous piétinons entre des hordes de touristes, traversons des dizaines de canaux aux eaux nauséabondes, mangeons mal dans un attrape-gogos. Ras-le-bol de l'ouroboros et de Venise!

Concernant Octave, je suis décidée à passer à l'action ce soir. Mais ma conscience me turlupine. Je ne peux pas le faire sans avoir testé le penthotal sur quelqu'un auparavant. Le grand-père ? Je le respecte trop. Le petit frère ? J'ai parfois envie de l'étrangler. De là à l'utiliser comme cobaye…

Une seule solution est envisageable. Je flippe mais je n'ai pas le choix. Je nous invite au *Florian*, un des plus célèbres cafés de Venise, pour l'appliquer et boire un chocolat chaud.

Je vais direct aux toilettes, sors ma boîte de seringues, vide le contenu de l'une d'elles dans ma bouche, avale. Je m'attendais à quelque chose d'amer, bizarrement le produit n'a aucun goût. D'après mon poids, il devrait faire effet dans moins d'une heure et pas plus de cinq minutes. Je ne sais pas ce qui m'attend. Je me regarde dans le miroir en me demandant si je ne viens pas de commettre une grosse bêtise.

Céramiques. Peintures. Miroirs. La salle du *Florian* est une petite merveille. Je mets ce moment à profit pour prendre le carnet de mon père qui a trouvé sa place naturelle dans la poche intérieure de mon manteau.

– C'est ton journal intime ? s'enquiert Octave alors que je consulte l'objet relié de cuir rouge.

– Non. Celui de mon père.

– Tu me le montres ?

Tu m'aimes ? je pense immédiatement. Ouch. Atteinte la fille.

– Non.

Séraphin, assis à côté de moi, a le droit, lui. C'est un Bird. Mais ces centaines de notules rangées par ordre alphabétique ne le captivent guère. Je range le carnet dans sa niche de cuir vert.

Je bois mon chocolat jusqu'à la dernière goutte. Si nous n'étions pas dans un endroit aussi sélect, je serais capable de lécher ma tasse... Séraphin aussi d'ailleurs.

Pourquoi on se priverait ?

Nous léchons nos tasses. Les gens nous regardent, amusés. Octave adopte la teinte du coquelicot. Shocking ? Oh, pauvre garçon.

Nous avons une heure à tuer, le temps de revenir au camping et de découvrir la surprise du grand-père. Un peu court pour visiter la basilique San Marco. La queue pour y accéder serpente sur deux cents mètres. La tour horloge dressée sur un des côtés de la place sonne cinq heures.

Les deux statues de bronze frappent la grosse cloche. Le son, lourd, effraie les pigeons. On dirait qu'il agit aussi sur Octave. Tout à coup, monsieur est... fébrile.

– Attendez-moi ici.

Il disparaît dans le passage sous l'horloge.

Obéissants, nous patientons. Il revient deux minutes plus tard avec un gros trousseau.

– Le gardien m'a prêté les clés.

– Il t'a prêté les clés ?

Il me glisse à l'oreille :

– Les douze ont accès à ce genre d'endroits. Un des privilèges du club.

– Je croyais que tu avais été viré ?

– Pas viré. Mis sur la touche. Et j'ai gardé ma carte de membre, ajoute-t-il en tapotant son bras où la boucle du diable est tatouée.

Les douze disposent d'un pass mondial de visite d'horloges historiques. Pointu. Enfin, nous allons voir un endroit étonnant et loin de la cohue. J'arrête de râler.

Nous gravissons un escalier… plutôt une échelle de meunier. Mon vertige me titille. Je lui ordonne de se mettre en veilleuse et j'évite de regarder en bas. Une seconde échelle, moins haute, part de la première salle. Nous la gravissons à son tour. Le vertige revient.

La seconde pièce cache les parties inférieures de l'horloge. Poids et contrepoids montent et descendent. Les poulies cliquettent. Le bois craque. On se croirait dans une machine vivante.

– La tour des Maures a été édifiée à la fin du XVe siècle par deux frères horlogers, commence Octave.

Leur mécanisme marque, depuis cinq cents ans, et sans varier, heures, minutes, secondes, phases de la lune et constellations.

Il nous emmène dans la troisième pièce qui abrite des sculptures attendant sur des rails. Le rond blanc de l'horloge qui donne sur la place San Marco nous baigne dans une lumière irréelle.

– Vous voyez la niche à côté de la statue de la Vierge ? Deux fois l'an, à midi, pour l'Ascension et l'Épiphanie, la porte s'ouvre, les trois statues de Rois mages défilent devant la Vierge et retournent dans la tour.

– Trop génial, commente Séraphin.

Tic-tac. Tic-tac. Mon cœur bat à l'unisson du mécanisme. Mon esprit ressemble à la cage d'escalier de Poudlard, avec ses volées qui se déplacent. Je jette des passerelles mentales sur le vide. Et les informations se mettent en place dans mon esprit.

La fontaine du zodiaque était une horloge. Les têtes crachaient de l'eau alternativement pour marquer les heures.

Héron d'Alexandrie et Averroès étaient obsédés par le Temps.

La clé de Héron. Ananké. Le destin. La clé du destin.

La machine dont nous traquons les éléments agirait-elle sur...

– Ça va Billie ?

Octave me dévisage, inquiet. Je comprends que le penthotal a pris possession de ma personne.

– J'ai besoin d'air.

Il nous emmène sur la terrasse. Haute et pas très large. Saisie par le vide, je colle mon dos contre le dos d'Octave et prends ses mains dans les miennes. Lui regarde du côté de la piazza San Marco et raconte des horreurs à Séraphin. (Le conseil des Dix qui avait commandé l'horloge fit crever les yeux des ingénieurs qui l'avaient conçue – pourquoi ? – pour les empêcher de réaliser un pareil chef-d'œuvre ailleurs, pardi.)

La vérité ? Je rêve de la dire sans qu'on m'interroge. Je t'aime, Octave. Je t'aime et j'ai peur. Que tu me trahisses. J'ai peur pour mon père. J'ai peur d'échouer. Je serre les mâchoires pour ne pas l'exprimer. Je serre les mâchoires et j'ouvre les yeux.

La mer des toits de Venise s'étend face à moi, avec ses cheminées bizarres et ses altanes, les terrasses de plein vent. Quelqu'un se tient sur l'une d'elles, à cent mètres, entre deux campaniles. Un homme. Je plisse les yeux pour mieux distinguer son visage.

Un mouvement sur la droite m'oblige à tourner la tête.

Un deuxième homme saute de toit en toit comme s'il était accroché à une grue par des élastiques. Je mets quelques secondes à le reconnaître. Le poursuivant dans mon rêve de la Banque de France ! Il s'est imprimé dans ma mémoire. Ses bonds ont des amplitudes impossibles. Il caresse les toits sans bouger une seule tuile.

Cinq minutes. Cinq petites minutes. Je tape du pied sur l'horloge, Venise, le Monde. Merci de sonner la fin du délire ! Surtout que le vent porte mon prénom.

– Billie !

Et que je reconnais l'homme sur l'altane.

– Papa !

L'autre court vers lui. Il prend appui sur la façade d'une tour, se lance dans l'espace, à l'horizontale, tel un missile lent, brandit un pistolet, le pointe sur mon père qui regarde la mort approcher.

Et hurle comme dans mon téléphone portable.

Je me cache les yeux. Je suis une petite fille. Lorsque j'enlèverai les mains, le monstre sera parti.

Plus d'altane. Plus d'Alphonse Bird. Plus d'assassin. Octave me malaxe les épaules.

Costaud le penthotal. Mais je sens les effets se dissiper. Pleine d'audace, je jette un coup d'œil à la place San Marco.

La file d'attente pour entrer dans la basilique a changé de forme. Elle dessine un serpent géant qui se mord la queue.

OK. Pas totalement dissipés les effets.

– J'ai le vertige, j'avoue à Octave.

– T'aurais dû me le dire. On va redescendre tranquillement. Je t'aiderai. Ne t'inquiète pas.

Nous retrouvons le plancher des vaches sans encombre. Octave va rendre ses clefs. Nous piquons un sprint pour ne pas rater le bateau qui nous ramène à la Punta Sabioni. Je regarde Venise, ses toits, ses dômes, ses merveilles et ses horreurs s'éloigner en formant le vœu de ne plus jamais avoir à y remettre les pieds.

Le Temps. Le mouvement. Je l'ignore encore mais la surprise du grand-père est liée à ces forces primordiales. Qu'a-t-il fabriqué, durant ces deux jours, dans le Vévé ? Une machine à voyager dans le temps… à sens unique. Elle n'emmène que dans le passé.

Le Capitaine a vraiment sympathisé avec son voisin d'emplacement. Günther a sorti de son Bedford quelques spécimens de bières bavaroises qu'il conservait pour une occasion spéciale ainsi qu'un échantillon de bretzels.

Surveillée de près par le grand-père, je me contenterai d'un verre de limonade.

Un drap blanc cloué à un cadre carré est encastré dans la porte latérale ouverte du Vévé. Trois chaises sont placées devant le drap. Un objet sur trépied, recouvert d'une housse, est posé derrière les chaises.

Séraphin et moi attendons que le Capitaine, Octave et Günther sirotent leurs bières.

Le temps de la révélation arrive enfin. Le grand-père retire la housse de l'objet. Il s'agit d'un projecteur de films en huit millimètres. Une bobine est installée dans le dérouleur.

– J'ai rempli le coffre de la dodoche avant de partir vous aider dans cette chasse au trésor, annonce le maître de cérémonie. Quelques papiers, tes cartes postales et les films de vacances. Je me suis dit qu'un indice pouvait être caché dedans.

Les films de vacances ? Je m'accroche à ma chaise en plastique.

Le projecteur s'allume. Un carré blanc se détache sur le drap. Puis… Maman.

Les couleurs sont fanées. Le cadre tremblote. Des poils géants apparaissent et disparaissent en bordure d'image. Il n'y a pas de son.

Maman et papa à la montagne. Gros bébé joufflu, je suis traînée dans une luge. Ils trinquent sur la terrasse d'un chalet, en plein soleil. Plus tard, plus bas, plus loin, ils se prennent des gadins dans la poudreuse.

Maman et papa à Rochefort dans la cuisine médiévale. Elle me donne à manger. Papa marche comme un Égyptien en arrière-plan. Maman est hilare. Sa main dévie. Je suis la petite cuillère, la bouche grande ouverte, pour gober ma bouillie.

Cordoue. La mosquée et ses piliers. Je joue à cache-cache. Maman vient me chercher par la main. Elle porte son manteau de cuir vert. Mon manteau de cuir vert.

Barcelone. Je suis dans les bras de papa. Il me montre Christophe Colomb et le téléphérique derrière.

Venise. Nous jetons du pain aux pigeons.

La naissance de Séraphin. La piscine gonflable. Sémiramis. Les premiers pas de Séraphin, entre maman et moi.

Et elle disparaît des séquences.

Séraphin saisit ma main sans que je m'en rende compte. De l'autre, j'essuie mes larmes qui coulent, qui coulent, qui coulent.

Un peu dure la journée. Et elle n'est pas finie.

Je m'enferme dans mon bungalow, histoire de me refaire une beauté. Tu parles ! Mes larmes ont laissé des traces rouges autour de mes yeux. Assume, le panda ! Assume, respire et retournes-y.

Le grand-père, Octave et Séraphin sont réunis autour des bretzels de Günther, seule ombre au tableau. Pourquoi ce quasi-inconnu a-t-il partagé notre moment d'intimité familiale ?

Maman est morte quand Séraphin avait un peu plus d'un an. Je le soulève de son fauteuil, prends sa place et l'assieds d'office sur mes genoux.

– Maintenant, je sais d'où vient le signe de ton individualité, glisse Octave avec un sourire.

Il fait allusion à mon manteau vert. Le silence s'étire. Silence que Séraphin rompt.

– Je voudrais dormir dans la Vagabonde avec grand-père cette nuit.

– S'il est d'accord...

Le Capitaine acquiesce, l'air absent.

Günther rapporte d'autres bières de son Bedford. Octave continue sa dégustation, dans un verre cette fois. Je lui verse sa bière... et ajoute discrètement le contenu de deux seringues de penthotal. Octave avale son mélange à petites gorgées sans se douter de rien.

– Che safais que fotre kamion me tisait quelque chose.

Günther vient de s'exprimer comme vous l'aviez peut-être compris.

– Pardon ? je réagis.

– Fotre manteau fert. Che m'en soufenais aussi. Ja.

– Qu'êtes-vous en train de raconter ?

Tous les regards, sauf celui du Capitaine, convergent vers l'Allemand.

– Che fiens tans ce camping tous les étés. Ch'étais ici, il y a tix ans. Ch'ai sympathisé avec fos parents. Fous étiez toute petite. Fous couriez partout.

Il a rencontré mes parents ? Je suis abasourdie. Günther poursuit :

– Fotre maman... Très cholie femme. Elle taquinait fotre papa. Ils étaient mariés mais n'afaient pas t'alliances. Il lui afait promis une bague pour la suite te leur foyache.

Une bague ? Dans mon souvenir, maman n'a jamais porté de bagues.

– Vous souvenez-vous pourquoi ils étaient à Venise ? intervient Octave.

Il a raison. Si Günther a des infos...

– C'est la fille tes amoureux ! (Il nous englobe, Octave et moi, dans cette vérité première.) Et ils afaient préfu t'aller en Grèce.

La Grèce... Donc Venise n'était qu'une étape.

– Fotre maman est tombée malate et ils ont été oblichés te rentrer chez eux. Elle fa mieux, ch'espère ?

Günther est un chic type. Je ne lui en veux pas. Mais il comprend, à mon expression, qu'il vient de gaffer.

– Je vais préparer le hamac de Séraphin, j'annonce, le front bas.

Là-bas, à Venise, les Maures sonnent dix heures du soir. Je suis avec Octave, dans mon bungalow. J'ai prétexté un méchant blues pour ne pas rester seule et le garder à portée de main. Croyez-le ou non, nous sommes de part et d'autre de la table et nous jouons à la bataille.

Comme de vieilles connaissances – ce que nous commençons à être – abattant nos cartes, nous poursuivons une conversation syncopée et pas si innocente que cela.

– T'as une copine ?

Je balance des bombes de ce genre, depuis une demi-heure, pour repérer le moment où le penthotal va commencer à faire effet.

Octave m'adresse un regard las. Auparavant, je lui ai demandé s'il a déjà été dans un camping naturiste, s'il aime la couleur jaune et s'il croit aux extraterrestres. Il ne prend même plus la peine de répondre à mes questions bizarres.

– Je pensais à ce que Günther a dit sur tes parents. Un ferry part de Venise, tous les jours, à midi. Si on monte à bord, nous serons en Grèce le lendemain.

– C'est vrai qu'on devait aller en Grèce pour les vacances de Pâques...

– Ton père avait peut-être l'intention de finir ce qu'il n'avait pu achever quand tu avais cinq ans.

– La clé de Héron serait la bague que papa avait promise à maman ?

Il abat un sept de pique sur un roi de cœur. Serait-il mûr ?

– T'as une copine ? je répète, le cœur battant.

– Non.

Il est mûr.

Le penthotal est aussi connu sous le nom de sérum de vérité. Paraît que les services secrets l'utilisent pour leurs interrogatoires. Le Taiseux avec un T majuscule est en mon pouvoir pour au moins cinq minutes. Je respire à fond comme un plongeur avant de sauter.

– Est-ce que tu sais qui a enlevé mon père ?

– Non.

– Si je trouve la clé avant toi, tu feras quoi ?

– Je ne sais pas.

Il m'avance vachement !

– La machine... Pourquoi les ravisseurs veulent la reconstituer ? Pourquoi les douze font tout pour empêcher que cela arrive ?

– Qui contrôlera la machine contrôlera...

Octave hésite. Ma question touche un secret professionnel costaud.

– Qui contrôlera la machine contrôlera... je l'incite.

– Le Temps.

Je m'en doutais. Maintenant, j'ai la confirmation même si cette révélation est plutôt vague. Octave jette un peu plus le trouble dans mon esprit en délirant :

– Le Temps est une force. Les premiers instruments de mesures. Héron. Aristote. Pour le dompter. La fontaine du zodiaque. Gardienne du Temps. Trop dangereux. Démantelée. Dispersée. Oubliée.

– Stop !

On ne va nulle part et les secondes filent. J'ai besoin de concret.

– Si je livre la clé aux ravisseurs, ils pourront utiliser la machine ?

– Non.

– Parce qu'ils n'ont que quatre têtes ?

– Non.

Je me retiens de taper du poing sur la table.

– Pourquoi ?

– Le mode d'emploi. (Le pli loupé à la Sorbonne, je me rappelle.) Sans le mode d'emploi, pas moyen de la faire fonctionner.

D'accord. J'ai comme l'impression que je n'irai pas plus loin côté machine temporelle. J'aborde un sujet qui me tient plus à cœur.

– Est-ce que je t'inspire des sentiments ?

– Oui.

Ces sentiments pourraient être de toute nature, me dis-je.

– Est-ce que tu m'aimes ?

Des coups violents sont donnés contre la porte du bungalow.

Je me fige.

Les coups redoublent.

– Billie ! Ouvre !

La voix de Séraphin. Il a l'air paniqué.

Octave se masse les tempes. Il a la tête de quelqu'un qui ne reconnaît pas l'endroit où il vient de se réveiller.

J'ouvre. Séraphin est sur le seuil du bungalow, en pyjama, échevelé.

– Grand-père ! Il a disparu !

Le bip est resté dans le Vévé. Nous fouillons le camping et les sanitaires pour nous retrouver bredouilles à la Vagabonde.

Günther, réveillé par notre agitation, propose de se joindre à nous. Il nous équipe en lampes torches.

À la sortie du camping, nous nous divisons en trois groupes. Günther va vers le ponton. J'explore la plage côté lagune. Octave et Séraphin se chargent du côté mer Adriatique.

Octave titube un peu, comme s'il avait un pied dans le réel et un autre dans l'état second où je l'ai plongé. Apparemment, il ne se souvient de rien. Il ira mieux dans quelques minutes. Et il y a d'autres priorités.

– Grand-père ! je crie, les mains en porte-voix. Grand-père !

Cette nuit, la lune ne nous aidera pas. Le faisceau de ma lampe piège des crabes qui s'enfuient à mon approche. Le ressac a quelque chose d'angoissant.

– Grand-père !

Je remonte la route jusqu'au camping. Je cours sur les derniers mètres. Octave et Séraphin tiennent le Capitaine par la main, comme papa et maman tenaient mon petit frère dans les films de famille.

– Il faisait un château de sable, m'informe Séraphin.

Je m'approche du senior que j'aime le plus au monde.

– Grand-père ?

Il fronce les sourcils et penche la tête de côté.

– Bonjour mademoiselle. Ai-je l'honneur de vous connaître ?

Intermezzo (2)

J -168

La journée est pénible. Le grand-père ne nous reconnaît pas. Il patiente, dans mon bungalow, comme un passager dans une salle d'attente. Il demande régulièrement son chocolat chaud.

J'appelle son médecin à Rochefort. Il s'occupe de contacter un collègue vénitien qui débarque au camping en milieu d'après-midi. Il ausculte le malade. Octave, qui a la tête lourde (il le met sur le compte des bières de Günther, tant mieux), joue les interprètes.

– Démence sénile. Cet homme doit passer un examen IRM et être accueilli dans un établissement spécialisé. Je vais organiser son rapatriement sanitaire en France. Il pourra partir demain, je pense. D'ici là, prévenez sa compagnie d'assurances.

Je fouille la dodoche. Les papiers du Capitaine – du certificat de naissance au testament – sont rassemblés dans une boîte à chaussures. Il avait tout prévu.

Je parviens à contacter la compagnie d'assurances. Le toubib français restera en relation avec l'Italien. Grand-père sera accueilli dans une maison de santé dès son arrivée.

Quant à la dodoche, un chauffeur passera la prendre dans les jours qui viennent pour la ramener en France.

Le Polaroid

J -167

Le grand-père a passé la nuit dans le bungalow avec moi. Séraphin est resté avec Octave dans le Vévé. Mon sommeil a été peuplé de cauchemars.

Une ambulance a pris le Capitaine à huit heures du matin pour l'emmener à l'aéroport. Il avait peur de monter dedans. J'ai essayé de le rassurer mais il me considérait toujours comme une inconnue.

Séraphin dormait encore quand il est parti. C'était pas plus mal. J'ai voulu embrasser le Capitaine pour lui dire au revoir. Il a reculé, effrayé.

Le chauffeur vient de quitter le camping en dodoche. Je lui ai donné l'adresse d'une voisine, à Rochefort, qui mettra ce qu'elle contient à l'abri. Nous avons gardé Sémiramis. L'assurance ne couvrait pas le transport d'animaux domestiques. Et puis, que serait-elle devenue sans le grand-père ?

Il est dix heures du matin. Nous n'avons plus rien à faire ici. Nous levons le camp. Direction le ferry de midi pour la Grèce.

Le bateau qui relie Venise à Igoumenitsa est un palace flottant... cheap. Mais il y a de quoi émerveiller un petit garçon de huit ans et demi.

– Y a une piscine d'eau de mer à l'arrière !

L'eau elle meule grave.

– Une boîte de nuit !

Par pitié. Pas Joe Dassin.

– Des salons panoramiques avec des sièges électroniques qui s'inclinent tout seuls !

Je ne suis pas contre m'allonger, fermer les yeux et attendre.

C'est impossible car le navire possède une salle avec... avec... avec...

– Des jeux d'arcades !

Cette fois, je parle à la place de Séraphin. Parce qu'il en reste sans voix.

Le gluon me serre dans ses bras. Comme si j'y étais pour quelque chose !

– Tu me donnes un euro ? il demande.

Perverse, je lui réponds :

– On déjeune d'abord. Tu joueras après... si tu as bien mangé.

Nous sommes attablés devant un plat de chaussons fourrés à la féta. Le cuisinier ayant osé agrémenter sa féta d'épices, Séraphin a rebaptisé son beurek en beurk et s'est rabattu sur une assiette de frites.

Nous avançons sur une mer d'huile. La côte italienne défile à tribord, la yougoslave à bâbord. Je picore sans appétit.

– Ton père vous avait décrit le périple que vous deviez faire, en Grèce ?

– Non, je réponds à Octave.

Rien ne me permet de penser qu'il a gardé le moindre souvenir de mon interrogatoire deux jours plus tôt. Ou alors c'est un super acteur. Je préfère la première solution.

– Il ne vous avait pas parlé de sites en particulier ? Delphes ? Olympie ? Épidaure ?

– Il a juste promis qu'on goûterait une vraie moussaka. Hein Séraphin ?

Qui plonge le nez dans ses frites. La moussaka. L'abomination culinaire à base d'aubergines. Il pensait y avoir échappé. Et ce ferry l'y mène tout droit, comme Charon les âmes damnées vers les Enfers.

Vous apprécierez mes efforts d'écriture.

Je sors le carnet de mon père. Je l'ai réétudié avec soin. Aucune mention d'une bague. Rien qui puisse nous guider.

– Tu permets que j'y jette un œil ? retente Octave.

Je lui confie le carnet. J'espère qu'il se rend compte de l'honneur que je lui fais.

– Il passait une bonne partie de son temps libre dans les vieux bouquins à repérer des trucs à vol... à confronter la légende à la réalité.

– Et le reste du temps, il volait, ajoute Octave. Un intellectuel totalement désintéressé, en somme.

Je lui arrache le carnet des mains. S'il commence à critiquer le paternel...

– Toi qui es étudiant en histoire de l'art « entre autres » (j'insiste sur les guillemets), tu as entendu parler du trésor de Childéric ?

– Je suis plus antiquités chinoises.

– Le trésor était conservé à la bibliothèque royale. Médailles, fibules, couronnes... une tonne d'objets précieux. Une bande de petits malins l'a dérobé au début du XIXe siècle. La police les a coursés et ils ont balancé une partie de leur butin dans la Seine. (Là, je brode. Que voulez-vous ? J'aime enjoliver la réalité.) Papa a déniché les mémoires d'un des malfrats et il sait depuis quel pont le magot a été jeté. Il est toujours au fond du fleuve.

– Sans déc.

– Un exemple parmi tant d'autres pour te prouver que mon père n'est pas un voleur ordinaire.

– Sûr. Tous les voleurs n'obligent pas leurs enfants à finir le boulot à leur place.

– Tu me cherches ?

J'ai des fourmis dans les doigts. Le ton est monté très vite. Est-ce un effet secondaire du sérum ? Le sujet développe-t-il une agressivité inhabituelle envers la personne qui le lui a administré ?

Séraphin nous observe par-dessous, un peu inquiet. Je replonge dans les notes de mon père. Le Polaroid qui me sert de marque-page glisse vers Octave comme une carte à jouer sur un tapis vert.

Je tire la langue à l'objectif. Maman porte bébé Séraphin – « Finfin » – dans ses bras. Le bandana, sur son crâne, cache les ravages de la chimio. Papa mime Popeye et exhibe des muscles qu'il n'a jamais eus. Tout le monde pose devant la Vagabonde, cinquième membre de la famille.

– Il est bizarre le tee-shirt de ton père, remarque Octave.

Je me penche sur le Pola. Papa porte un tee-shirt promotionnel pour une bière : la Meteor. En effet, je l'ai rarement vu avec ce genre de frusques.

– Et le tien… Tu l'avais rapporté de Venise ?

Qu'est-ce qu'il a avec les tee-shirts ? J'exhibe le lion de San Marco et papa une pub pour de la bière. *So what ?*

– La plaque d'immatriculation du Vévé… Elle est différente.

Une seconde avant, il m'énervait. Maintenant, il m'intrigue. La plaque est différente, effectivement. Le 972 visible entre moi et papa ne correspond pas au numéro d'immatriculation actuel.

– T'as raison.

Octave se voûte, plisse les yeux, fait « hum » plusieurs fois d'affilée. Je commence à le connaître. Il réfléchit.

– J'ai besoin d'un atlas de l'Europe.

– Y en a un dans le Vévé, sous le siège passager.
– D'un atlas de l'Europe et d'une règle.

L'atlas est récupéré fissa. Par contre, pour la règle... Un mécano en salopette rouge venu se désaltérer au bar nous prête son mètre déroulant. Octave ouvre l'atlas à la double page qui montre l'Italie et la Grèce. Il plaque le mètre en diagonale sur les cartes.

– Kesskifait ? me demande Séraphin.

– Orthodromie, l'éclaire Octave. Ou chemin le plus court entre deux points d'une sphère. Aussi appelé distance à vol d'oiseau. Trente-deux virgule quatre centimètres. Cette carte étant au un trois millionième, un centimètre égale trente kilomètres. Ce qui nous fait...

Il utilise la calculatrice de son téléphone portable pour poser sa multiplication et nous dévoile le résultat, triomphant :

– Neuf cent soixante-douze kilomètres.

Le même chiffre que sur la plaque d'immatriculation du Vévé.

Octave a mesuré la distance entre Venise et une ville grecque dont le nom est Meteóra.

Mon tee-shirt montre le lion de Venise, celui de mon père une pub pour la bière Meteor...

– Ton père n'est pas un voleur ordinaire, non. Il t'a laissé ce jeu de piste au cas où il lui arriverait quelque chose. Le Polaroid en fait partie. Il fonctionne comme une sorte de rébus.

Octave va rendre son mètre au mécano.

Si je trouve la clé, je la donnerai aux ravisseurs, je me rappelle en l'observant de loin.

Ou pas.

Eh ouais. Si je la garde, qu'arrivera-t-il ?

Octave revient.

– Je m'ennuie, nous informe Séraphin.

– Joue à ni oui ni non tout seul.

– Je t'emmène aux jeux vidéo, tempère Octave qui a un cœur, lui. (Le visage de Séraphin s'illumine.) Je suis sûr que ton père a voulu indiquer les Météores.

Metéora ? Les Météores ? Qu'a-t-il de particulier, ce bled, au fait ? Monsieur je-sais-tout éclaire ma lanterne.

– Les Météores désignent un massif rocheux unique au monde qui abrite des monastères perchés. Le site est magnifique. Classé au patrimoine mondial.

– S'il est classé au patrimoine mondial, on aurait tort de se priver.

Les garçons me laissent à ma mauvaise humeur et s'éclipsent pour propulser un hérisson numérique sur des pentes impossibles.

Les Météores, je ressasse. Et puis quoi encore ?

Moussaka land

J -166

Notre destination se trouve à deux heures de route d'Igoumenitsa où le ferry accoste. Nous couvrons la distance d'une traite, le temps de franchir un col de moyenne montagne et de redescendre vers la plaine thessalienne.

Tout en bas, au débouché d'une route en lacets de soixante kilomètres de long, les Météores sont visibles. Plus on s'en rapproche, plus on hallucine.

Imaginez des colonnes de pierre claire de trente mètres de haut dressées les unes contre les autres. Des défilés ont été creusés par l'érosion entre les à-pics sur lesquels des moines orthodoxes ont juché leurs monastères.

Ils sont au nombre de six, accessibles par des escaliers abrupts. Avant l'ère touristique (celle qui précédera l'extinction de l'espèce humaine), les monastères n'étaient accessibles que par des paniers ou des tyroliennes jetées au-dessus du vide. Les religieux des Météores n'ont pas le vertige, eux.

Nous nous arrêtons sur un belvédère pour admirer le site. Des dizaines de grottes sont creusées dans les parois.

– On va dormir dans une de ces grottes ? espère Séraphin.

– Ouais. Ce sont des grottes-hôtels, je l'informe. Celle-là est tenue par l'inventeur de la moussaka. Hein Octave ?

Le ventre de Séraphin, paniqué, gargouille. Ah. Souffler sur les braises pour entretenir un délicat climat de terreur…

Nous n'avons pas élu domicile dans une grotte mais dans un camping au pied du massif. Nous traquerons la clé dès demain matin en visitant les monastères. Comme d'hab, Octave aura droit à un bungalow. Il est fauché. Royale, je lui donne cent euros.

– Je te les rendrai.

– J'y compte bien.

– Si tu as besoin d'un service.

– Cette nuit, tu prends Sémiramis.

Le chat, hors du Vévé tu dormiras.

Pour le dîner, nous partageons une salutaire boîte de raviolis. Séraphin qui redoutait la torture ultime me doit une reconnaissance éternelle.

J'appelle Rochefort. Le grand-père est arrivé à bon port. Il passera un scanner demain.

– Que faut-il espérer ? demande votre narratrice de quinze ans et onze mois au médecin de famille.

Ma question était franche. Mon interlocuteur a le courage de me répondre franchement.

– Une fin rapide.

J'ai du mal à trouver le sommeil. Nous sommes près du but. Je le sens.

Où est Selo ? Parti à Pétaouchnok ? Et le troisième larron, sbire number three, celui que les Espagnols n'ont pas mis sous les verrous… Qu'est-il devenu ?

Tu te montes le bourrichon toute seule Billie. T'inquiète. La clé est ici. Les méchants sont éparpillés dans la nature. Ça va être du gâteau.

La méthode Coué ne fonctionne pas vraiment sur mon mental depuis un certain temps. Allez savoir pourquoi.

Je viens de m'endormir quand un car débarque sa cargaison humaine. En déplaçant un occultant, je constate avec effroi qu'il est français, qu'il vient de la région parisienne et qu'il est rempli d'adolescentes aux hormones en folie.

Montage de tentes et constitution des groupes pour la nuit leur prennent une plombe. Nous, les filles, sommes donc vraiment capables de glousser autant ?

La bague

J -165

Je ne sais plus qui s'est exclamé « Eurêka ! » dans sa baignoire. Albert Einstein ? Nous avons identifié la bague ! Et, je vous préviens, c'est du lourd. Du très très lourd. Benjamin Gates, rhabille-toi et retourne chez tes parents !

Rendons à Octave ce qui est à Octave. Le mérite lui revient. Mais les dieux sont avec nous. Ce que nous cherchons est caché dans le monastère que nous avons visité dès son ouverture. Le circuit des Météores commence par lui. Son nom : Varlaam. Et dans le genre nid d'aigle, il se pose là.

J'ai bien cru ne pas pouvoir franchir la première passerelle jetée sur un gouffre. Octave m'a pris la main et j'ai pris celle de Séraphin qui marchait un peu trop près de la balustrade à mon goût. Après, dans les escaliers et sur les terrasses en haut du piton, je suis parvenue à affronter mon vertige. Il est revenu en force et par surprise dans une loggia.

De cette loggia partent deux filins reliés à un plateau rocheux, en face. Entre le monastère et le plateau, cinquante mètres de vide que survolent quotidiennement les religieuses habitant dans la vallée et préposées à la fabrication de l'encens ou à la vente des souvenirs. Elles s'asseyent dans une caisse et se laissent trimbaler d'un point A à un point B. Ainsi, elles évitent les escaliers.

Le monastère de Varlaam abrite un réfectoire, un hospice, une église, des cellules. Il est habité par une vingtaine de moines en robes noires, aux chapeaux noirs, aux barbes noires, aux yeux noirs. Habité ? Surveillé serait un terme plus adéquat. J'ai tout de suite repéré les joujoux qui sécurisent le lieu de prières.

Des caméras infrarouges, une trentaine, couvrent tous les angles. Des capteurs de mouvements sont disséminés un peu partout. La passerelle en dur est amovible. Cerise sur le baklava, les moines ne vous lâchent pas d'une semelle. Surtout dans l'église. Officiellement pour vous empêcher de prendre des photos.

Eh ! Les gars ! Autant écrire sur vos soutanes : le trésor est ici !

Car il y est.

En entrant dans l'église de Varlaam, Octave s'est arrêté. Il s'est voûté, il a plissé les yeux, il a fait « hum ». Vous voyez le tableau ? En fait, il en regardait un, de tableau. Et sans lui, nous serions passés à côté.

Il représente un religieux, saint Sisoé, agenouillé devant un squelette. Pas n'importe quel squelette. Celui d'Alexandre le Grand.

Octave était aussi excité que Jean-Marie, le batteur fou du Muppet Show ou que Keith Moon, le batteur fou des Who qui a inspiré Jean-Marie, le batteur fou du Muppet Show. Deux autres références chères à mon père...

– Alexandre le Grand, m'a chuchoté Octave. Celui qui a bâti un empire allant de la Grèce à l'Inde.

– Et ?

– Et ? (Octave a joint ses mains devant ses lèvres comme s'il priait. En fait, il essayait de conserver son calme.) On n'a jamais retrouvé son tombeau ni l'objet qui lui était le plus cher.

– C'était quoi ? je continue, un peu lente.

– Une bague. La bague qui symbolisait son pouvoir.

Clé de Héron = Bague d'Alexandre le Grand.

Ça le fait, non ?

La bague du Conquérant. Le sujet traîne sur quelques forums d'historiens amateurs ou spécialisés. Ils parlent d'une chevalière portant le sceau de Macédoine et transmis à un certain Perdiccas. Rien de serpentiforme.

Octave a fait son tour sur Gallica et a brandi Quinte-Curce, auteur ancien qui aborde Alexandre par l'intime. Certains détails sont troublants.

La mère d'Alexandre, à moitié sorcière, dormait avec des serpents. Son précepteur (son prof particulier si vous préférez) était, tenez-vous bien, Aristote, le maître à penser d'Averroès. Le conquérant a employé sa vie à atteindre le bout du monde, ce fleuve mythique et sans fin que l'on appelait Ouroboros.

Si vous votez pour la bague, tapez 1.

Pour fêter cette avancée spectaculaire, nous nous offrons une moussaka au resto du camping. Je ne me bats pas contre Séraphin qui s'empiffre de pain et de féta. Du coup, pour le dessert, je lui promets une glace aux scolopendres.

Après déjeuner, on brainstorme, on se gratte l'encéphale, on projette le cambriolage futur. Un des moments que je préfère.

J'ai acheté le guide sur les monastères. Dedans, il y a un plan de Varlaam. Et des anecdotes qui me donnent déjà deux trois idées. Je les laisse mûrir alors qu'Octave se charge de la synthèse.

– Le monastère est accessible par la passerelle et le téléphérique.

– La passerelle est amovible, je rappelle. Quant au téléphérique, si tu prévois de l'utiliser, ce sera sans moi. Et c'est sans compter les caméras, les détecteurs et les moines.

Les cigales qui cymbalisent (elles ne stridulent ni ne cricrissent mais cymbalisent) ne parviennent pas à nous déconcentrer.

– Métis, lâche Octave.

– Pardon ?

– Métis est fille d'Océan et de Thétys. Elle incarne l'intelligence rusée.

J'approche ma main de son front. Il est chaud, sans plus.

Il continue :

– La mythologie grecque fourmille d'exemples de ruses. Hercule. Jason. Achille.

– Ulysse et le cheval de Troie ! s'exclame Séraphin.

Cheval de Troie. Pas bête. Une première idée tilte dans ma tête.

Je vais chercher mon ordi, branche ma clé à brouillage IP, capte le réseau du camping, me connecte au site des voleurs. Direction la boutique. Rayon programmes informatiques.

Tout en surfant, j'explique :

– Les moines sont pointus côté sécurité. Il y a forcément un PC quelque part, dans le monastère. Un poste de commandes relié à l'extérieur.

Au rayon des pirates informatiques, un certain Warez me fait de l'œil. Vagabonde lui soumet sa demande.

– Un cheval de Troie désigne un virus informatique qui infiltre et neutralise un programme à distance. Si on trouve le génie capable de nous en tricoter un sur mesure en quelques heures… Rectificatif : je l'ai trouvé.

Warez est prêt à s'en charger mais il réclame deux mille euros. J'entre les coordonnées de la carte bleue de mon père et le paye. Il accuse réception du versement.

– À quelle heure on plante leur système informatique ? je demande à la communauté de la bague.

Nous nous mettons d'accord sur neuf heures, le soir même.

Valider.

Envoyer.

Affaire conclue.

J'adore ce site.

– Donc, à partir de neuf heures, leur sécurité tombe en panne ? récapitule Octave. Parfait. Maintenant, les moines…

Les cigales sont vraiment très bruyantes. Combien sont-elles dans ce camping ? Et comment les femelles réussissent-elles à retrouver leur mâle dans un tel boucan ? À moins que ce soient les mâles qui réclament un peu d'amour ?

– On les drogue ?

– On les balance dans le vide ?

– On leur livre de la moussaka pourrie ?

Je vous laisse deviner qui a avancé la troisième proposition.

J'ai les yeux rivés sur le plan de l'église. Elle est en deux parties : le narthex et le chœur. La peinture figurant le squelette d'Alexandre est accrochée au mur qui sépare l'église en deux, côté chœur. L'édifice mesure quinze mètres de long sur huit de large, pas plus.

– M'étonnerait qu'ils laissent le narthex sans surveillance la nuit.

Je veux bien me faufiler dans l'église mais face à des moines orthodoxes, je ne pèserai pas lourd.

– La seule solution est de les faire fuir.

– Qu'est-ce qui pousse à fuir ? réfléchit Octave à haute voix.

– La moussaka, répond Séraphin, monomaniaque.

– La peur.

Je replonge dans ma brochure sur les monastères. J'ai lu un truc qui pourrait nous servir. Une légende raconte qu'un moine aurait été emmuré vivant lors de la construction de l'église. Son fantôme apparaîtrait parfois sur le rocher de Varlaam.

Fantôme ? Vous avez dit fantôme ?

Deuxième tilt de la journée. Au troisième, de la fumée s'échappe de mes oreilles.

Je lance aux garçons :

– Vous avez déjà entendu parler de Miku Hatsune ?

Il était hors de question d'emmener Séraphin pour qu'il nous attende au pied du monastère. Les Météores sont sauvages. Des chiens errent à la nuit tombée. Ils attaquent parfois les promeneurs. Nous avons demandé aux animateurs de la colonie de vacances de garder Blondinet. Ils n'étaient pas très chauds mais il a suffi que Séraphin danse au bord de la piscine pour que les gisquettes de douze ans adoptent le tueur des dance-floors comme mascotte d'un soir.

Séraphin nous a signifié notre congé, impérial, alors que la sono du camping crachait du disco.

Nous nous rendons au pied du monastère, distant de trois kilomètres, à vélo.

Je trottine à côté d'Octave dans les montées et m'assieds sur son porte-bagages dans les descentes. Avec la mallette au bout d'un bras, c'est coton. Nous arrivons au pied de l'escalier qui monte à Varlaam cinq minutes avant neuf heures. Octave cache le vélo derrière un buisson.

– Tu installes le projo à droite du portail, je lui rappelle.

– Ils s'enfuient en hurlant, tu te glisses dans l'église, tu fouilles derrière la peinture et on se retrouve en haut de l'escalier, il continue. Si l'escalier est bloqué ?

– Plan B. Mais je place beaucoup d'espoir dans le A.

Neuf heures. Espérons que le cheval de Troie est dans la place. Je fais le salut militaire.

– Et n'oubliez pas, nous sommes de tout cœur avec vous.

Il me rend mon salut et part à l'assaut de l'escalier.

Je laisse passer dix minutes. Zou. Je prends la même route que lui.

Les Météores, la nuit, sont encore plus impressionnantes. On dirait que les aiguilles rocheuses vont vous tomber dessus. Et il y a de la vie. On la sent.

Au moins, les cigales roupillent.

Au moment où j'attaque la volée de marches, je manque avoir une crise cardiaque en voyant un serpent fuir juste devant moi.

Super vacances ! Merci papa !

Le cheval de Troie de Warez a planté le système de surveillance des moines, comme prévu. Lorsque je me présente au portail du monastère avec la mallette, ils me laissent entrer sans se poser de questions. Je tombe à pic. Et je parle grec.

Italien. Anglais. Etc. Je sais. Je suis bon en langues.

Ah oui. Octave est au clavier. Billie m'a demandé de remplir les blancs. Quand je dis remplir... Elle ne m'a pas permis de lire ce qu'elle avait déjà écrit. Le texte de nos aventures est planqué dans son ordinateur.

– Je pourrai corriger tes fautes d'orthographe ? je lui ai proposé. Améliorer ton style ?

En guise de réponse, elle m'a tendu une feuille et un crayon. Cette fille devrait se détendre un minimum.

Donc, les moines sont contents. J'arrive cinq minutes après que la panne s'est déclenchée. Nous appellerons cela un miracle...

Alors, mes frères, comment puis-je vous aider ? Vous avez quelque chose de précieux à protéger dans votre église ? Vous êtes chanceux. J'ai dans cette mallette de quoi remplacer provisoirement votre système défaillant. Après vous. Je vous en prie.

Je franchis la passerelle, grimpe une centaine de marches, bien raides, aux aguets. Mince ! Le portail est fermé ! Je pousse le vantail de bois séculaire du bout des doigts. Ouf. Il s'écarte doucement. Je me glisse dans l'entrebâillement. La souris est dans la place.

Deux moines me regardent sortir le projecteur holographique dernier cri que Billie trimbale sous la banquette du Vévé depuis que nous sommes partis. Elle ne voulait pas le laisser à Garges-lès-Gonesse. Elle a eu le nez creux.

Ce projecteur coûte une fortune. Avec quoi l'a-t-elle payé ? D'ailleurs, d'où vient cet argent ? Hein ? Billie, tu as gagné au Loto ?

Je parie que tu vas me répondre :

– C'est pas tes oignons.

Efficace. Restons concentré sur la mission.

J'installe le bestiau près du portail et je le branche.

– Nous l'appelons l'Argos 2000, j'improvise. Il détecte tout voleur à dix kilomètres à la ronde. Vous n'avez pas d'inquiétude à avoir.

Les deux moines barbus, assis sur leurs bancs, prennent mes salades pour argent comptant. De toute façon, Argos ou pas Argos, ils resteront ici jusqu'à matines pour veiller sur la bague d'Alexandre le Grand.

– Je vais à votre secrétariat déposer ma facture.

Je sors de l'église et me cache dans un renfoncement. Le projo est branché. J'attends le début du spectacle.

Octave vient de quitter l'église. Je m'approche du portail en catimini. Une lumière bleue apparaît derrière les ouvertures si étroites que je ne pourrais m'y glisser. J'entends deux purs hurlements de terreur à l'intérieur. J'en ai les poils qui se hérissent. Deux moines surgissent de l'église et foncent s'abriter dans un autre bâtiment. La voie est libre. Je ne perds pas de temps et pénètre dans le narthex.

Maxence, en frac, sort d'un mur et s'arrête au centre de la pièce. Il me salue, sourit et disparaît. Comme j'ai programmé la projection holographique en boucle, il ressort du mur, s'arrête au centre de la pièce, salue, sourit et disparaît.

Mesdames et messieurs, en direct du monastère de Varlaam, l'Emmuré Vivant ! Tadaaam !

La porte qui sépare le narthex du chœur est fermée par une grosse clé… encore accrochée à son clou. J'entre dans le saint des saints et ferme derrière moi.

L'espace étroit et octogonal me rappelle la salle du pilier à la médina de Cordoue. Je n'en suis pas revenue qu'avec de bons souvenirs. Les murs sont couverts d'icônes dorées et de sculptures étranges. Les bougies allumées dans des globes rouges et bleus se comptent sur les doigts de la main. Elles éclairent à peine le squelette d'Alexandre et saint Sisoé, sur la peinture, en hauteur.

Je tire un banc, grimpe dessus, palpe le panneau de bois, saisis mon couteau suisse, déplie la lame et la glisse le long du bord inférieur. Je fais levier. Le panneau s'écarte alors qu'une fine poussière tombe sur moi.

Je palpe derrière, à l'aveugle, un peu inquiète à l'idée de ce que mes doigts vont rencontrer. Des os, des bandelettes, pire encore ?

En réalité, le panneau donne sur le mur qui est lisse, hormis à un endroit où une niche a été creusée. Dans la niche repose un étui.

Nous crierons victoire plus tard. Je l'attrape et l'empoche, repousse le tableau tant bien que mal. Je saute du banc, gagne le narthex, écoute.

Max le passe-muraille fait quelques pas, sourit et disparaît.

Je glisse la tête à l'extérieur. Ça s'agite côté moines. Ils reviennent en force, avec des torches.

Pas le temps de récupérer le projecteur. Mince !

Je me précipite vers le portail. Une main m'agrippe et me tire dans la direction opposée.

Octave !

– Tu l'as, Billie ? (J'acquiesce avec vigueur et tapote une de mes poches.) Ils ont fermé le portail à double tour.

– Oh non, je gémis.

Les moines en robes noires, armés de bâtons et menés par le prieur, approchent dangereusement. Ils sont nombreux.

– Désolé. On applique le plan B.

On court jusqu'à la loggia du téléphérique. Les deux filins le long desquels la caisse va se déplacer disparaissent dans la nuit noire. Ils sont mus par un moteur électrique qu'Octave enclenche.

– On ne tiendra jamais à deux là-dedans.

– Pas le choix.

Il a raison. Si les religieux nous mettent la main au collet…

Il attrape une corde. Il s'assied dans la caisse, me dit de m'installer entre ses jambes, pose le rouleau de corde sur ses genoux.

– N'aie pas peur, tente-t-il de me rassurer.

N'aie pas peur, il en a de bonnes. Je suis plus terrifiée que les moines face au fantôme tout à l'heure.

Il me prend par la taille pour m'empêcher de céder à la panique et desserre le frein du téléphérique.

La caisse quitte la loggia et commence à glisser au-dessus du vide. Je me cramponne au fragile bâti de bois. Je me retiens de hurler. Et s'il s'ouvrait sous notre poids ?

Le vertige est dû, paraît-il, à un problème d'oreille interne. Moi, je pense qu'il a des causes plus profondes. La mort est une séductrice. Le gouffre attire. Ce serait tellement facile d'en finir. Une bascule sur le côté. Et hop. On plonge. Le crâne rencontre une pierre. Terminé.

Ce qui m'effraie le plus ? Pas la possibilité que je tombe mais celle que je me fasse tomber. Et que j'emporte Octave avec moi.

– Regarde droit devant toi, me conseille Octave. Le plateau approche. On a déjà parcouru un bon tiers.

La panique grimpe dans chacune de mes molécules. Des fourmis remontent le long de mes jambes et de mes bras. Je serre les dents à en avoir mal aux mâchoires.

– Florès !

– Qui parle ? je demande à Octave.

– Florès !

La voix, éraillée, vient de notre point d'arrivée.

– Selo, souffle Octave.

Manquait plus que le marabout de Cordoue ! Et notre caisse à savon nous mène à lui au rythme de dix mètres minute.

– Vous n'aurez pas la bague, je promets à mon compagnon de voyage.

– Calme-toi.

Qu'est-ce qui empêche Octave de me prendre l'étui et de le remettre à son ancien maître ? À une contre deux, je n'aurai pas l'avantage.

– Nous avons trouvé la clé ! lance Octave à Selo.

Le moment de la trahison est venu. Je me prépare au pire.

– Vagabonde la remettra aux ravisseurs ! Son père passe avant notre mission !

Je hoquette de surprise. S'il joue double pour que je reste calme jusqu'au point d'arrivée, je lui arrache les yeux. Mais mon cœur bat à tout rompre. Nous ne faisons qu'un, dans cette caisse, face à la silhouette opaline qui apparaît sur le plateau où le téléphérique doit nous déposer. Le costume blanc et le panama accrochent la lumière des étoiles. La face de marabout est striée d'ombres.

– Il est trop tard ! répond Selo. (Il s'adresse directement à moi :) Vagabonde, que tu leur livres la bague ou non, ils tueront ton père. Peut-être est-il déjà mort, d'ailleurs.

Je prépare une répartie cinglante lorsque la caisse s'immobilise. Nous flottons un moment… avant de repartir en arrière.

Là-bas, sur la loggia, les moines ont inversé le moteur.

– Oh non.

Je ne sais pas quelle perspective m'effraie le plus : tomber entre leurs mains ou refaire le chemin dans l'autre sens et affronter Selo.

Qui a disparu d'ailleurs. Peu importe. Octave s'agite dans mon dos.

– Qu'est-ce que tu fabriques ?

Il enroule la corde autour de la caisse à savon, puis de mon ventre et de mes épaules. Il l'assujettit aussi à sa personne. Nous sommes liés et le nœud qu'il élabore contre mon ventre n'a rien de symbolique. Il lève légèrement les fesses, me tire contre lui, vers l'arrière. En d'autres circonstances, au bord d'une rivière ou devant la télé, je trouverais cette position délicieuse.

– Par pitié.

Nous sommes à vingt mètres de la loggia. Les moines nous lancent des imprécations dont je préfère ne pas connaître la teneur.

Octave pourrait au moins s'expliquer, s'excuser, m'embrasser dans le cou.

Non. Il nous précipite juste dans le vide.

La chute contrôlée par la corde et le nœud savant a été si soudaine que nous nous sommes retrouvés debout au fond du gouffre avant d'avoir pu dire ouf.

Mais je suis furieuse.

Et j'ai le droit d'être furieuse. Vous aimeriez être balancée dans le vide contre votre gré ?

Nous revenons au camping à vélo. Cette fois, Octave court derrière. Et il ne montera pas sur le porte-bagages.

Une certaine agitation règne dans le camping malgré l'heure tardive. La musique que j'entends depuis la route me promet une scène d'anthologie.

Séraphin et quinze ados en folie dansent autour de la piscine sur *Bip Bip* de Joe Dassin. Malédiction ! Elles l'ont reconnu ! Et ce petit crétin se trémousse comme le King au meilleur de sa forme.

J'accroche le vélo d'Octave à l'arrière de la Vagabonde. Je vais chercher Séraphin façon maman aigle attrapant bébé mouton pour nourrir sa famille. Un peu dépassé par son succès, il est rassuré de me voir débarquer. Je le jette dans le camion.

Chat ? Présent !

Parfait. Extraction !

Les ados marchent vers nous, revanchardes. Je démarre et, au point mort, appuie sur la pédale d'accélération pour les impressionner.

Elles s'immobilisent.

– T'as le trésor ? demande Séraphe.

– Affirmatif.

– Et Octave ?

Le voilà qui arrive justement, au petit trot.

– Tu charries, me lance-t-il en montant dans le camion. T'aurais pu m'attendre. (Il ferme la porte latérale.) J'ai cru que tu me refaisais le coup de l'Angle... (Les filles, pleines d'audace, s'accrochent aux poignées.) Qu'est-ce qu'elles ont ?

– Accrochez-vous ! je balance. On dégage !!!

Pour le coup, nous nous enfuyons comme des voleurs.

Je reprends la route de l'aller. Mission : mettre de la distance entre ce spot et nous le plus vite possible. Les moines. Selo. Les ados. Nous n'avons aucune, mais alors aucune raison de nous attarder dans les parages. Un ferry part d'Igoumenitsa pour Venise à huit heures trente du matin.

La route en lacets nous éloigne des Météores. Nous gagnons la moyenne montagne. Je respire à nouveau normalement.

– Merci.

– Hein ?

Ce mot sort assez rarement de ma bouche pour qu'Octave soit surpris.

– Je te remercie de ne pas m'avoir trahie. (Octave, les yeux rivés sur la route, se tait.) Selo... Il t'a appelé Florès.

On soupire à ma gauche. Ce prénom paraît réveiller des souvenirs douloureux.

– Christiensen, Selo, Florès... J'ai affaire à des originaux.

Je me sens molle tout d'un coup. Mes bras sont en coton. J'ai du mal à passer les vitesses. L'après-adrénaline... J'arrête le Vévé sur le bas-côté et confie le volant à celui que je continuerai d'appeler Octave. Nous repartons sur la route de montagne.

Nous roulons, en silence, pendant un quart d'heure. Séraphin attrape un oreiller et s'endort en chien de fusil sur la banquette arrière. Moi aussi, je suis épuisée.

Je sors l'étui de Varlaam de la poche de mon manteau. Il est cylindrique et taillé dans un bois exotique. J'allume la loupiote au-dessus de ma portière. J'ouvre l'étui.

Il contient une bague en métal doré assez épaisse. Elle représente un serpent qui se mord la queue.

Ouroboros. Tu as accompagné Alexandre dans sa conquête du monde et tu appartiendrais à cette saleté de machine. Quel est ton lien avec les têtes du zodiaque ? Vas-tu me rendre mon père ?

Octave conduit tout en gardant un œil sur la bague.

– Pourquoi parlaient-ils d'une clé et pas d'une bague ? je m'interroge.

J'étudie l'anneau, pince la tête du serpent...

– Eh !

La boucle de métal se déploie dans ma paume avec une série de cliquetis discrets. Maintenant, elle a la forme d'un S allongé. Une des extrémités est hérissée de dents de différentes hauteurs. La tête du serpent s'est ouverte en deux pour que l'on puisse saisir la tige. La clé est longue comme la clé de contact du Vévé.

Je la tourne dans le démarreur imaginaire d'une machine à tordre/accélérer/ralentir/tuer/voyager dans le Temps. Nous rayerons les mentions inutiles plus tard.

Je referme la tête du serpent. Le S se rétracte et reforme une boucle parfaite. Cette bague-clé est un automate. Elle épaterait Maxence. Je la range dans son étui et l'étui dans ma poche de manteau.

Je réfléchis.

Octave paraissait sincère, dans la caisse. Mais Selo peut encore frapper. Je dois rester vigilante.

Je ressors la bague de son étui et la glisse à l'annulaire de ma main gauche. Son mécanisme intérieur l'adapte au gabarit de mon doigt. Elle ne me quittera pas de sitôt.

À ceux qui comptent me la piquer, je dis : bon courage !

L'attaque

J -164

Nous avons remonté la moitié de l'Adriatique. Nous serons à Venise demain matin. Par contre, il n'y avait plus une seule cabine libre. Nous dormirons dans le Vévé, Séraphin, le chat et moi. Du quatre étoiles en perspective.

La mer est plus forte qu'à l'aller. Métis, fille d'Océan, n'a pas aimé être invoquée et elle nous le fait payer. Le pont parking craque et gémit. La coque du ferry résonne lorsque les vagues cognent contre elle. Ajoutez à cela le vacarme des camions frigorifiques et les aboiements des chiens enfermés dans le chenil, à l'arrière, un pont plus bas, et vous aurez une mince idée de ce que nous subirons durant la nuit.

Octave squattera un fauteuil dans un des salons des ponts supérieurs. Dans le camion, je m'enfoncerai du papier toilette dans les oreilles. Et j'essaierai de penser à des choses agréables.

Pour l'instant, nous sommes dans notre lounge à nous, avec vue sur la mer démontée à tribord et un trente-huit tonnes bourré de denrées grecques à bâbord.

– Toute cette moussaka… je soupire.

– Chtak !

Séraphin vient de me coller une panne d'essence.

– Re-chtak !

J'ai le camion citerne. Bien fait !

On joue au Mille bornes. Octave n'est pas concentré. Ses yeux s'arrêtent un peu trop souvent sur ma main gauche.

– Si Selo l'avait, il en ferait quoi ? je lui demande.

– Il la jetterait dans la fosse des Mariannes, près de l'île de Guam, me répond Octave.

– Et pourquoi pas dans l'Adriatique ?

– La fosse des Mariannes est la plus profonde du monde. Onze mille mètres. On ne risquerait pas de la retrouver.

– Si y en a un qui essaye, je le mords, promet Séraphin, autoproclamé pourfendeur des douze. Chtak !

Un accident pour Billie. Pas de chance pour lui, j'ai la carte as du volant.

– Re-chtak !

Je savoure la déconfiture de Séraphin tout en pensant à Selo. Nous lui avons échappé de peu. Et il n'est pas monté sur le bateau. Du moins j'espère.

Je pioche une dernière fois dans le sabot du Mille bornes. Fini. Chacun compte ses points.

– Neuf cents kilomètres ! annonce Séraphin.

– Douze cents.

– Onze cents, grommelle Octave.

Il ramasse les cartes et les range. On dirait qu'il a avalé un truc moyennement frais.

– Ça va pas ?

Il évite mon regard. Regrette-t-il d'avoir choisi mon camp plutôt que celui de Selo ? En tout cas, quelque chose le défrise. Il s'échappe de la Vagabonde en nous souhaitant une bonne nuit alors qu'avec la houle, le bruit et la chaleur elle sera forcément mauvaise. Ambiance.

En pyjamas, nous nettoyons nos brosses à dents. Séraphin me demande :

– C'est qui ton amoureux ?

– J'en ai pas.

– T'es homosexuelle ?

– Et toi ?

– Moi, j'ai plusieurs amoureuses. Marie, Chloé, Léa...

– La polygamie est interdite dans notre pays.

– C'est quoi la polygamie ?

– Vivre avec plusieurs amoureuses.

– J'en ai pas plusieurs pour faire des bébés. Juste pour rigoler.

Sémiramis se love entre mes chevilles.

– On ne lui a pas donné à manger depuis combien de temps ? s'interroge Séraphin.

Pitié. Pas l'odeur écœurante de la pâtée pour chat. Le bruit de ses petites dents qui mastiquent... J'ouvre la porte latérale du Vévé.

– Tu t'en occupes, je lui lance. Et interdiction de lui en piquer.

Une fois, je l'ai surpris en train de goûter du Shebon. J'ai cru que j'allais vomir.

Les coups de poing portés par l'Adriatique contre la coque sont plus forts que tout à l'heure. À moins que la nuit exacerbe mes sensations ? Je marche jusqu'à l'arrière. Les chiens dans leurs cages aboient toujours. Les drapeaux du ferry claquent au vent. La poupe monte et descend, au gré des vagues. Je suis relativement imperméable au mal de mer. Relativement.

Retour Vévé. Couchée. Pas bouger. Attendre que ça passe.

Je reviens sur mes pas et crois voir Sémiramis se glisser sous un camion. Ne me dites pas qu'il l'a laissée s'échapper ! Je m'approche et m'accroupis. La chatte m'observe. Ses yeux brillent comme deux lunes argentées.

– Approche. N'aie pas peur.

Elle a le poil dressé et le dos rond. Les chiens, plus bas, en sont sûrement responsables. Sémiramis se réfugie dans mes bras. Je la grattouille derrière l'oreille.

– On va essayer de faire un gros dodo. D'accord ?

– Tu ne crois pas si bien dire, jeune fille.

Un objet dur et froid se pose contre ma tempe. Je ne bouge plus un cil.

– Tu te tournes lentement.

J'obéis, le chat dans les bras.

Je le reconnais sur-le-champ : un des trois gorilles à la solde de Gorko Kolpaki. Il me tient en joue avec une arme munie d'un silencieux. Séraphin est allongé sur le plancher de métal, à ses pieds, inconscient.

– Tu ne bouges pas.

– Si jamais vous l'avez...

– Monsieur Kolpaki le veut vivant.

Le sbire, l'arme pointée sur mon front, le doigt sur la détente, dégaine un téléphone portable et compose un numéro. Il me sourit.

Si j'esquisse le moindre geste, il me loge un pruneau dans le crâne.

– Monsieur ? Elle est en face de moi. J'ai son frère, oui. Ne vous inquiétez pas. J'en prendrai le plus grand soin.

Pendant qu'il continue, je regarde Séraphin, toujours au sol. Mais ses yeux sont grands ouverts.

– Hein, hein, acquiesce le garde du corps en écoutant les ordres. (Il affiche une mine un peu déçue.) Entendu.

Séraphin ouvre et ferme les mâchoires. Je ne comprends rien à ce qu'il me mime. Si je ne veux pas éveiller les soupçons du tueur à gages, je dois rester imperturbable.

– Je vais essayer de ne pas trop l'abîmer.

Il parle de moi, là ? Octave... Octave... C'est le moment d'enfiler ta tenue de super-héros !

– Monsieur Kolpaki voudrait vous parler, me confie le sbire.

Il me tend le téléphone tout en crispant le doigt sur la queue de détente de son arme.

Séraphin trouve le moment adéquat pour le mordre au mollet à pleines dents.

Le coup part. Je me suis accroupie une microseconde avant. Je lance Sémiramis au visage du tueur.

Sémiramis est une chatte siamoise qui se la coule douce depuis dix ans chez le grand-père. La chasse à la souris, elle a oublié. Mais, à l'instant présent, c'est une vraie boule de nerfs. Je suis sûre qu'en la frottant on ferait de la lumière avec.

En tout cas, elle se défoule.

Le tueur a lâché arme et téléphone. Je les expédie à la mer. Sémiramis lui laboure le crâne et le visage à coups de griffes et de dents. L'autre recule en hurlant. Il parvient à jeter le félin loin de lui. Sémiramis se réceptionne avec agilité sur le pont et se remet à l'abri sous un camion. Séraphin se colle contre moi. Je ressens presque de la pitié pour ce sale type qui s'apprêtait à me tuer.

Le sang l'aveugle. Il jure dans sa langue natale. Il nous cherche, les bras tendus, façon colin-maillard. Il se prend les pieds dans un filin, perd l'équilibre, bascule par-dessus le garde-fou. On entend un grand boum en contrebas.

Il s'est écrasé au milieu du chenil dont il a défoncé plusieurs cages. Les chiens s'échappent. Les vagues et le sang les rendent fous. Du pont inférieur monte un bruit de carnage. Séraphin s'approche pour voir.

– Tout le monde au Vévé, j'ordonne en l'attrapant par le pyjama. Et fissa.

Même le chat, machine à griffer, suit en surveillant ses arrières.

Nous montons dans la Vagabonde et refermons la porte latérale à clé. J'inspecte les alentours en décalant un occultant.

– Il était tout seul, tu crois ? s'inquiète Séraphin.

– A priori, les deux autres sont hors circuit depuis l'Espagne.

– Tu ne vas pas me gronder ?

– Pourquoi je te gronderais ?

– Ben, je l'ai mordu.

J'embrasse mon petit frère.

– Tu peux mordre les méchants. Pas les gentils.

La cavalerie – j'ai nommé Octave – rapplique enfin. L'agitation est parvenue jusqu'aux ponts supérieurs. Les passagers s'amassent à la poupe. Je lui raconte l'attaque surprise.

– Je vais passer la nuit avec vous dans le Vévé, propose-t-il, aux cent coups, conscient d'avoir loupé quelque chose.

– T'as raison. Avec nous, tu n'as rien à craindre.

L'équilibre des forces

J -161

La tempête. L'absence d'armes et de témoins. Les chiens. Ces éléments ont permis de ranger la mort du passager ukrainien dans la case *Accident*. Les carabiniers sont présents au moment du débarquement à Venise. Nous passons devant eux sans être inquiétés et filons vers la France.

Nous rentrons à Rochefort via Brescia, Milan, Chambéry, Lyon, Clermont-Ferrand, Limoges... en deux jours. Une aire anonyme au fin fond de la Creuse nous accueille pour la nuit. Loin des tempêtes de l'Adriatique, des tueurs ukrainiens et des momies en costume blanc et panama, nous dormons comme des bûches.

Dès notre arrivée à Rochefort, je confie la Vagabonde à Nono, son réparateur agréé. Pendant que lui et Octave discutent bielles, courroies de transmission, soupapes et pistons, je rassemble nos affaires et plonge discretos dans le réservoir d'eau douce.

Je récupère le tupperware étanche, tout au fond, et les huit mille euros qui y sont planqués. Nono gardera la Vagabonde dans son garage.

Il m'apprend que le Capitaine a été accueilli dans une clinique à l'extérieur de Rochefort. Les patients changent d'étage en fonction de leur état. Plus il est grave, plus ils montent. Ce mouroir compte six étages avant le ciel. Le Capitaine occupe la chambre 507.

– Comme le roadster produit par BMW entre 1956 et 1959, assure le fou de mécanique. Un bon petit bolide huit cylindres qui atteint les cent kilomètres heure en moins de dix secondes.

Ce ne sera plus jamais le cas du grand-père.

Une boule s'agglomère dans mon ventre lorsque je pense à lui. À Venise, nous nous sommes quittés trop vite. J'irai lui rendre visite dans sa clinique dès que j'aurai bouclé cette histoire.

J'essaie de confier Sémiramis à Nono qui résiste.

– Ma femme fait de l'asthme, s'excuse-t-il.

Et puis Sémiramis a participé à l'aventure. Elle nous a aidés contre les forces des ténèbres. L'abandonner ne serait pas très fair-play.

Nono nous dépose à la gare de Rochefort. On saute dans le train de midi pour Paris. J'ai pris rendez-vous avec Dracula, l'intermédiaire des ravisseurs, à dix-huit heures.

– Du nouveau ? m'a-t-il demandé via le site des voleurs.

Je me suis déconnectée sans répondre.

Gare Montparnasse. Un jour de juillet. Les escalators nous emmènent vers la sortie. Octave, qui avait mis son vélo dans le train, le tient sur l'épaule. Nous débouchons sur le parvis.

Nous irons voir Dracula.

Séraphin et moi.

Comme la première fois.

Sans Octave.

On se retrouve à vingt heures sur le pont des Arts, décide-t-on avec mon prince de la pédale. La possibilité qu'il n'y soit pas me frappe d'un coup. La possibilité ? La certitude. Nos routes vont se séparer comme elles se sont séparées une première fois.

Je remercie mon prof de français de nous avoir fait lire *L'Éducation sentimentale* de Gustave Flaubert. Ce bouquin brosse le portrait d'un type qui n'ose pas, Frédéric. Dès le début, il tombe raide dingue amoureux d'une femme mariée, madame Arnoux. Sur près de cinq cents pages, il hésite, fantasme, se ruine et s'humilie pour réaliser, après des années d'erreur et de lâcheté, qu'il est trop tard.

Passez à l'action. Sinon, vous le regretterez. Vous avez peur de vous planter ? Pas grave. Au moins, vous aurez tenté le coup. Mais si vous hésitez, vos questions resteront à jamais sans réponses.

Octave est juché sur son vélo. Séraphin contemple la tour qui nous surplombe en se curant les narines. J'attrape le cycliste par le col de chemise et l'embrasse passionnément. J'y mets tout l'amour dont je suis capable. Et je n'ai pas besoin de me forcer. Croyez-moi.

Ce baiser a une tout autre saveur que le premier, celui de Cordoue. Il est partagé.

– Et pourtant, pas de danger dans les parages, murmure Octave.

– Que tu crois.

– T'as raison, t'es un danger ambulant.

Il hésite à ajouter quelque chose. Finalement, il monte sur son vélo et s'éloigne en se retournant et en zigzaguant. Un bus l'évite de justesse.

– Il est parti ? constate Séraphin, revenu de la lune.

– Oui.

Il est parti mais j'ai la réponse à ma question.

– Billie ?

– Oui ?

– T'es bizarre.

– Ah bon ?

– On dirait que tu brilles.

Une femme obèse et multicolore tourne au bout d'une pique. Deux jets d'eau sortent de ses seins. Un éléphant vert à la trompe rayée blanche et bleue asperge des lèvres géantes associées à un mécanisme bizarre. Des touristes se trempent les pieds dans la fontaine de Niki de Saint-Phalle et Tinguely. Des enfants pataugent carrément dedans. Les terrasses des cafés sont bourrées à craquer.

Dracula est assis sur le banc de métal.

Dans son manteau anthracite, sous sa casquette, derrière ses lunettes noires, avec ses gants, raide, il ressemble à une créature échappée d'un laboratoire projeté au milieu d'une fête de village. Sa peau grêlée et ses lèvres brûlées me répugnent. Remarquez, on ne choisit pas forcément ses intermédiaires.

J'approche. Manteau vert, tignasse rouge, collants violets et chaussures jaune vif. Je suis plus en harmonie que lui avec le décor. Dracula se lève, nerveux.

J'ondule comme une lanière de fouet. S'il me prend la tête, je claque.

– Vous avez la clé ? me lance-t-il sans préambule.

Ne comptez pas sur moi pour lui faciliter la tâche.

– Où est mon père ?

– Il sera libéré lorsque j'aurai remis la clé aux ravisseurs.

Bobards et compagnie. Ils vont le garder et m'envoyer chercher un énième morceau de cette machine déglinguée qui a été éparpillée aux quatre coins du monde. Voilà ce qui va arriver. Je me suis fait avoir une fois avec les têtes. Une fois de trop.

Je ferme les poings. La bague d'Alexandre le Grand orne toujours ma main gauche.

– J'ai une bonne et une mauvaise nouvelles, j'annonce.

Dracula vacille. Il ne s'attendait pas à cela.

– La bonne : j'ai la clé de Héron. La mauvaise : je l'échangerai contre mon père et pas contre un éventuel coup de téléphone. Quand les ravisseurs seront décidés, ils sauront me joindre.

Dracula souffle, furieux. Je lui tourne le dos, direction le centre Pompidou. J'attrape les escalators qui grimpent le long de la façade et me laisse porter jusqu'au cinquième étage.

Je prends un risque mais il n'y a pas trente-six solutions pour qu'ils reconsidèrent nos rapports. J'ai ce qu'ils veulent. Ils ont celui que je veux. Nous sommes à armes égales.

Séraphin est à son poste, sur le belvédère, en haut des escalators. Il a mitraillé la rencontre, au sol, comme un paparazzi, avec son appareil numérique. Ces images nous serviront. Ou pas. Les Bird sont sur le sentier de la guerre. En tout cas, ils ne sont plus corvéables à merci.

Au fait, je n'ai plus le vertige.

Pont des Arts. Le soleil se couche derrière le Grand Palais. Des amoureux se prennent en photo. D'autres accrochent leurs satanés cadenas et jettent leurs satanées clés dans la Seine. Une heure qu'on poireaute. Octave ne viendra plus.

Je devrais être triste, déçue, furieuse... Je m'y attendais. Mon petit doigt me dit que nos routes vont se recroiser. À combien sommes-nous, côté compte à rebours ? Un peu plus de cinq mois... Je vous parie que l'acte trois se jouera avant le solstice d'hiver.

Nous marchons vers la rive gauche, plus animée que la droite.

– Pourquoi Octave il est pas venu ? me questionne Séraphin. Vous êtes fâchés ?

– Mais non. T'inquiète.

Il met sa main dans la mienne.

– Faut que je te raconte un truc.

Quelle bêtise il a encore faite ?

– Le soir où grand-père est tombé malade, en Italie, je l'ai cherché avec Octave. (Nous marchons en cadence, lentement.) Et Octave il était super bizarre.

Tu m'étonnes. Je venais de lui administrer deux doses de sérum de vérité.

– Il voulait savoir ce qui me ferait plaisir. Je lui ai répondu : la base cachée du docteur Métabolik, celle avec les sept entrées et sorties et le poste de commandement.

– Elle coûte combien la base de Métabolik ?

– Deux cent quatre-vingt-dix-neuf euros. Là, il était plus trop d'accord. Mais il était toujours bizarre, tu vois ? Alors, je lui ai demandé son numéro de compte en banque.

– Hein ?

– Et son code de carte bleue. Et ses identifiants bancaires. C'était pour rigoler.

– Et il te les a donnés.

– Ben ouais.

La grande sœur drogue les victimes à qui le petit frère extorque les coordonnées bancaires. Je vois d'ici le gros titre dans les journaux.

– J'ai tout noté sur un bout de papier. Pour pas les oublier. Mais je vais pas les utiliser. Je suis trop petit.

Séraphe me tend le bout de papier en question. Je le jette ou je le garde ? Je le garde.

Séraphin revient à la charge.

– Pour la base du docteur Métabolik…

– On verra plus tard. Là, j'ai faim. On va au restau ?

Dans ses yeux, un grand M jaune se met à clignoter.

– Je suis sûre que tu as envie de manger quelque chose qui commence par un M.

– Oui-oui-oui !

– Vraiment ? Une Moussaka te ferait plaisir ?

Séraphin m'applique la technique du bazounga, le doigt de la mort qui tue. Et il tue. Il a été à bonne école.

La fin du Capitaine Achab

J -127

Je suis une guerrière, une chasseuse, une tueuse. J'avance à croupetons, cachée sous un tapis de fougères. Le masque et la combinaison gênent mes mouvements mais je suis aussi discrète que possible.

Un coup de feu sur ma droite. Je pivote et pointe mon arme dans cette direction.

Un cri parvient jusqu'à moi. Wanda. Elle hurle de rage.

Ils l'ont eue, elle aussi.

Je reprends ma reptation. Une branche craque derrière cet arbre, à dix mètres. Une forme se meut lentement.

Je me dresse, vise... et me fais moucher comme une amatrice. La bille de gélatine explose dans mon dos.

– Au placard les tocards !

Le sniper de Gonesse qui vient de me shooter exécute une danse de triomphe inspirée du dindon séduisant une dindonne. Je lève mon fusil à paintball en signe d'abandon.

Tiburce maugrée :

– Ces crétins me tapent sur le système.

L'équipe de quatre qui nous a décimés complote dans son coin. Notre seconde killer session ne va pas tarder à commencer.

– On laisse tomber ? propose Claire.

Elle est aussi à l'aise avec un gun que la Belle au bois dormant avec une hache à double tranchant. Mais elle a tenu à être là. Pour mon anniversaire.

Aujourd'hui, j'ai seize ans et mes potes se sont pliés en quatre pour me faire plaisir.

Cadeau de Tiburce : une session de paintball killing dans un sous-bois du neuf-trois.

Cadeau de Wanda : un bouquin pirate reproduisant tous les réseaux troglodytiques de la capitale (égouts, catacombes, carrières, etc.).

Cadeau de Claire : une boule de bowling. Je ne suis jamais allée au bowling. Mais sa boule est canon.

Les vacances s'achèveront bientôt. Prochaine étape de ma vie scolaire : lycée Paul-Éluard. Soit. Nous tenterons de survivre.

Mon coup d'éclat auprès de Dracula date d'un mois. Quoi de neuf docteur ? Côté ravisseurs, silence radio.

Refuser de livrer la bague d'Alexandre met-il mon père plus en danger qu'il l'est déjà ? Je tourne et retourne le problème dans ma tête de mule et finis toujours par conclure : imagine que la bague soit la dernière pièce dont ils aient besoin. La leur livrer reviendrait à le condamner. J'ai ma carte joker autour du doigt. Reste à savoir quand et où viendra le moment de la jouer.

Octave non plus ne s'est pas manifesté.

Le grand-père est toujours dans sa clinique, au sixième étage cette fois. J'ai été lui rendre visite. Dans le coaltar complet, sous calmants le Capitaine. Parfois il se lève et attaque les autres patients en pensant avoir affaire à des baleines. Au moins, il part avec panache. Mais il part lentement.

Inutile de préciser qu'il ne m'a pas reconnue.

J'ai profité de mon passage à Rochefort pour aller dans sa maison grotte, et récupérer les neuf cent mille euros et des poussières que m'avait rapportés le vol des têtes du zodiaque. Maintenant je peux vous dire où je les avais cachés. Dans mon lit breton à porte coulissante. Sous le matelas.

Et, non, Octave, je n'ai pas gagné au Loto !

Je les ai fourrés au fond de mon sac. J'ai été saluer la Vagabonde parquée dans le garage de Nono (« À la prochaine ! ») et j'ai sauté dans le train direction Paris puis le Luxembourg. Il me fallait un coffre. En étudiant de près les pratiques bancaires en Europe, j'ai déniché un établissement où une adolescente peut s'ouvrir un compte sans caution parentale. Frais conséquents. Confidentialité totale.

Au costume-cravate qui m'a reçue, un peu condescendant, un peu curieux, un peu impressionné par mon assurance, j'ai clairement expliqué que je voulais laisser cet argent dormir. Hors de question de me tanner avec des placements à taux bidules ou des investissements dans des affaires mirobolantes. Il a eu l'air déçu. Tant pis pour lui. Les arnaques pyramidales se passeront de Billie Bird.

Séraphin ? Figurez-vous que je ne l'ai quasiment pas vu ces trente derniers jours. Ses copains n'ont pas arrêté de l'inviter… et ses amoureuses. Certaines ont dû l'admirer dans une vidéo dont je ne veux plus entendre parler. De plus, le *Predator Club Park* proposait un atelier de film Pokémon début août, avec déguisement, tournage, montage. Un truc de dingue. Donc, le cadeau de tonton Max a servi. Du coup, j'ai eu une paix royale… avec Sémiramis.

Si le monde était parfait, ça se saurait.

Et moi, comment ai-je occupé mon temps entre Rochefort et le Luxembourg ? J'ai profité. De Paris. De la liberté. De l'été. J'ai lu, beaucoup, sur Alexandre le Grand entre autres. Je suis retournée à Barcelone, toute seule. J'ai douté, écrasé mes doutes, douté à nouveau. Je me suis réveillée en sueur, poursuivie par le hurlement de papa et l'inconnu bondissant sur les toits.

J'ai aussi repointé le bout de mon nez au club de handball, qui vivotait pour cause de vacances estivales. L'entraîneur cherchait un nom pour notre équipe. J'ai proposé les Météores. Il a aimé.

– Elle est tombée sur la tête ou quoi ? se demande Claire.

Wanda offre des boissons à nos ennemis de Gonesse.

– Elle sourit, je remarque.

– Elle fait mine de sourire, rectifie Tiburce.

Wanda revient déjà parmi nous. Elle a la tête de Morticia Addams. Celle des bons jours. Quand elle a réussi une potion.

– Tu les as drogués ? je comprends.

Nous sommes, toutes deux, des Médée.

– La seconde session risque d'être amusante, confirme-t-elle à mi-mots.

– Alors, les tocards ! Prêts pour une nouvelle raclée ?

– Quand vous voulez ! répondons-nous en chœur.

Sauf Claire qui n'a pas entendu la question.

Nous remettons nos masques, rechargeons nos guns de billes de gélatine, vérifions que nos cartouches de gaz propulseur sont pleines. Les gars de Gonesse se dispersent dans le sous-bois.

Au bout d'une minute à peine, des cris animaux, je dirais singe, lion et âne enroué, nous parviennent depuis la forêt.

Wanda nous lance, plus vampirique que jamais :

– Prêts pour le safari, les amis ?

Je suis une guerrière, une chasseuse, une tueuse... claquée lorsque je rentre à l'appartement. Séraphin revient demain.

Le répondeur est muet. Mon téléphone portable aussi. J'allume la télé. Moral des ménages en berne. Prix du gaz en augmentation. Chute de la cote de confiance pour trois pays de la zone euro. J'éteins la télé.

Les pieds surélevés, vautrée dans le canapé, je réfléchis.

Aux têtes. À la clé. Au mode d'emploi, perdu ou dans la nature. Au fait que mon père était déjà sur la piste de la machine dix ans plus tôt. Tout tourne autour d'elle.

– Il ne pouvait pas me confier un ou deux secrets avant de disparaître ?

Je parle de mon père, pas d'Octave, pour ceux qui auraient du mal à suivre.

Je vais chercher son carnet (celui de mon père) et l'ouvre à la lettre C. Sous une ligne sibylline consacrée à un certain Ctésibius – « *Auteur d'une pompe aspirante révolutionnaire, d'une clepsydre à rouages et d'un orgue hydraulique* » – j'écris :

« *Clé de Héron. Dernier propriétaire : Alexandre le Grand. Découverte dans le monastère de Varlaam, Météores, Grèce...* »

Pour reporter les coordonnées géographiques comme l'a fait le paternel dans plusieurs de ses notes, je consulte Google Earth. Je repère Varlaam sur la vue satellite.

« *39°42'35.26"N sur 21°38'11.62"E.* »

J'ajoute, avec une once de fierté :

« *Conservée dans une collection particulière.* »

Le téléphone sonne. Je décroche.

– Bonjour. Je souhaiterais parler à monsieur Bird.

– Je suis sa fille. Il est sorti.

– Ah. Vous pourrez peut-être me renseigner, mademoiselle. C'est la clinique *Beau Rivage*. Monsieur Onésime Bird est parti depuis trois jours et il nous a laissé quelques affaires.

J'ai un blanc. Parti du verbe partir ? Pas mourir ?

– Comment ça, il est parti ?

– Je vous rappelle que vous ne jugiez pas notre clinique assez convenable pour lui, s'offusque mon interlocuteur.

Je me retiens de dire quoi que ce soit. Il n'a jamais été question de déplacer le grand-père. Sinon à l'étage du dessus, dans le ciel.

– Les ambulanciers sont venus comme prévu.

Je m'assieds. Sémiramis approche. Je la maintiens à l'écart.

– Aussi, que faisons-nous de ses affaires ?

– Ses affaires ?

Soupir d'impatience à l'autre bout du fil.

– Mettez-les de côté. On passera les prendre.

– Entendu. Bonne fin de journée, mademoiselle.

Je contemple le vide sur le mur d'en face un bon moment. Qui a emmené le grand-père ? S'agirait-il d'une erreur ? J'appelle le médecin de famille. Il est en rendez-vous mais sa secrétaire m'assure que la demande de transfert ne vient pas de leur cabinet. La maison de Rochefort sonne dans le vide. Où est le Capitaine ?

Le bip ! Je plonge sur mon ordi, l'allume, me connecte, me rends sur le site de suivi des balises GPS. Le navigateur a conservé mot de passe et identifiant. Je valide. Une carte s'affiche. Un fragment de côte et un point rouge.

J'ai sous les yeux la portion de Riviera à l'est de Nice. Le bip localise le grand-père à la pointe de la presqu'île de Saint-Jean-Cap-Ferrat, en mer, en face de la villa de Gorko Kolpaki.

– Non, non, non, non.

Je vérifie que mes différentes messageries sont vides. Je termine par le site des voleurs. Une vidéo attend dans la boîte de Vagabonde. Le nom du destinataire est masqué. Elle a été envoyée deux heures auparavant.

J'inspire à fond. Je lance la vidéo.

Il fait grand jour. La côte est visible, pas très loin. L'image tangue lentement, d'un bord à l'autre. Nous sommes sur un yacht. Le panoramique s'arrête sur le Capitaine. Des chaînes lui emprisonnent les jambes. Il a les mains liées. Ses cheveux blancs et clairsemés sont fouettés par le vent. Kolpaki s'invite dans le cadre.

– Coucou Vagabonde.

Le grand-père déclame en arrière-plan, flou :

– C'est ainsi que l'oiseau du ciel avec ses cris d'archange, son bec impérial levé vers les hauteurs…

– Faites-le taire ! réclame Kolpaki.

Un sbire bâillonne le prisonnier qui continue à réciter les derniers instants du Capitaine Achab.

– Vous m'intriguez, Vagabonde. Vous m'intriguez énormément. Vous n'êtes pas une voleuse ordinaire. Et, à mon avis, vous traquez quelque chose d'extraordinaire. Je vais vous coller aux fesses pour découvrir ce qui vous anime. Je comptais vous le demander en personne, d'ailleurs. (L'Ukrainien hoche la tête, pensif.) Au lieu d'une reine de la voltige et de son charmant petit frère, j'ai hérité d'un vieillard sénile qui peut se répandre sur ma moquette à tout moment. Tttt. Mauvaise donne. J'ai été blousé et je déteste cela. Aussi ai-je décidé d'appliquer la loi du Talion. Vous avez tué un de mes hommes. Je tue un des vôtres. Attention. Nous ne serons pas quittes pour autant.

Kolpaki donne un ordre. Les sbires soulèvent le grand-père qui crache son bâillon et crie :

– Achab, qui tel Satan !

Il est basculé par-dessus bord. La caméra se rapproche. Les remous se dispersent. L'eau cristalline montre le Capitaine s'enfonçant dans l'abîme.

Je tends la main vers l'image, impuissante.

– Grand-père.

– J'arrive, promet Kolpaki avant d'éteindre la caméra.

Table des matières

L'AUTEUR

Né en 1970 à Reims, Hervé Jubert a étudié l'histoire de l'Art à Paris. Il a quitté la capitale et la fonction publique pour se consacrer totalement à l'écriture. Dans la collection Wiz chez Albin Michel, il est l'auteur de la trilogie de *Blanche*, de *L'Opéra du diable* et du *Palais des mirages*. Il a également suivi les traces d'Alexandre le Grand et de Robert Louis Stevenson pour l'École des Loisirs. Il partage sa passion pour le catch dans la série à succès *Catch a team !* chez Baam.

VAGABONDE

Une trilogie d'Hervé Jubert

Tome 1

Les voleurs de têtes

Tome 2

Le gang du serpent

Tome 3

Les mauvais joueurs

à paraître en octobre

RAGEOT ✱ *THRILLER*

Fabien Clavel

Décollage immédiat

Je m'appelle Lana Blum. Ma mère a disparu. Un homme me poursuit. Les rouages d'un incroyable complot se dessinent autour de moi. Je fuis. Je suis seule. Enfin, presque... Creep, un hacker, a décidé de m'aider malgré le danger. D'aéroport en aéroport, d'avion en avion, je n'ai plus le choix. Je dois être la digne fille de ma mère hôtesse de l'air ! Ce qui m'attend à l'arrivée ? Je l'ignore. Le plus dangereux, croyez-moi, ce n'est jamais le décollage, mais l'atterrissage...

RAGEOT ✸ *THRILLER*

Laurent Queyssi

Infiltrés

Adam est un adolescent handicapé. Sa vie, il la pense immobile, rivé à un écran d'ordinateur. Jusqu'au jour où son existence s'accélère, sous la menace d'un redoutable virus. Propulsé en pole position de la course pour milliardaires Riviera Race, équipé d'un fauteuil roulant truffé de technologie, Adam deviendra-t-il un véritable héros ?

Achevé d'imprimer en France en avril 2012
sur les presses de Normandie Roto Impression s.a.s.
Dépôt légal : juin 2012
N° d'édition : 5581 - 01
N° d'impression : 121445